Alexander Gruber • Sindbad der Seefahrer

Sindbad
der Seefahrer

Neu erzählt und mit einem Nachwort
von Alexander Gruber

Mit farbigen Illustrationen
von Marcel Keller

Ihr persönliches
Leseexemplar

PENDRAGON

Sindbad. Eine Begegnung

Nein, es war nicht in Basra, es war in Bagdad, der Stadt des Kalifen Harun al Raschid, der Stadt des Friedens. Die zwei Träger des Namens Sindbad begegneten einander da eines Tages, und das wurde zum Anlass für Sindbad den Seefahrer, von seinen weiten, erstaunlichen, wunderbaren und spannenden Reisen zu erzählen, die schließlich in aller Welt bekannt geworden sind.

Sindbad war Kaufherr, hatte sich aber endlich, nachdem er Reichtümer auf Reichtümer erworben, elend verloren und größere wiedergewonnen hatte, vom Handel zurückgezogen. Er lebte in einem von ihm erbauten weitläufigen Palast. Die hohen Räume waren ohne Prunk, doch erlesen geschmückt, wurden täglich mit Rosenwasser besprengt, und der Duft des kostbaren Räucherwerks darin vermengte sich mit dem Duft der Blumen und Blüten, der aus den wunderbaren Gärten, worin der Palast lag, hereinwehte. Achtsam und nachdenklich erging sich Sindbad täglich in ihnen und ließ ihnen sorgfältige Pflege angedeihen, indem er den Gärtnern täglich Anweisungen erteilte. – Wie gut, dass der Kalif auf seinen häufigen Streifzügen durch die Stadt nie hierher gefunden hatte: seine Begehrlichkeit wäre womöglich geweckt worden. Wer weiß, was geschehen wäre …

Doch heute hielt Sindbad inne. Er hörte – war es ein Lied, ein Gebet? Gesungen, gesprochen, geseufzt, geklagt? Er hörte eine raue heisere Stimme und vernahm das Folgende:

»O Allah, Allbarmherziger! Allerhalter! / Du bist der Herr des Lebens, / der Herr der Welt. / Du siehst die Menschen an, wie sie gehen und stehen! / Du bestimmst ihre Schicksale / so, wie du für gut hältst. / Du lässt uns leiden oder jubeln, / frohlocken oder weinen. / Aber, Herr Gott, bist du gerecht? / Gerecht in deiner Willkür? / Gerecht in deiner Allmacht? / Nein! Das bist du nicht! / Das bist du nicht, Herr der Welt! / Was hab ich getan? – Je gefrevelt? / Nein! / Jemals wissentlich deine Gebote, / die der Prophet verkündet hat, übertreten? / Nein, hab ich nicht! / Bin ich jemals willentlich böser Lust, verbotener Gier, / schmählicher

Niedertracht gefolgt? / Nein, bin ich nicht! Bin ich nicht! / Und arbeite, plage mich tagtäglich hart, / sehr hart – Du weißt es – , / um für mehr nicht als ein Nasenwasser, / für ein paar blecherne Münzen / die Packen und Ballen und, pah, was du willst, / von hier nach da zu schleppen, / von hier zum Hafen, / vom Hafen hierher. / Davon soll mein Weib, / davon sollen die Kinder satt werden, / nicht nackt gehen, groß werden!? / Von mehr für mich und mein Weib schweig ich! / Ich verlange nicht mehr, / ob ich hungrig bin oder satt. / Du aber lässt dich den Hort der Gerechtigkeit nennen, / den Hort der Armen, / und breitest vor mir, zum Hohn! / dies da aus, diesen Palast mit seinen Gärten, / seinen schattigen Bäumen, Brunnen und Wasserläufen! / Ja, da genießen Andre das Glück! / Die tragen keine Lasten! / Denen, wahrhaftig, fehlt es an nichts! / An Essen nicht noch zu trinken, / an Vergnügungen nicht, / erst recht nicht an Reichtum und Ehre! / Die kennen Leiden und Leid, Last und Entbehrung nicht! / Und doch gleichen sie mir! / Doch bin ich wie sie aus einem Tropfen entstanden, / bin dein Geschöpf! / – Herr! Herr! Du bist ungerecht! / Lass mich hier nicht verzweifeln! / Lass mich nur einen Augenblick ausruhen! / Denn eins ist wahr: / Du spendest den Schatten auch mir …«

Die Stimme war im Gemurmel verstummt, aber Sindbad war ihr leise, leise entgegengegangen und fand jetzt, halb an einen Baumstamm im Schatten gelehnt, einen schweren Ballen neben sich, einen Lastträger sitzen, wettergegerbt wie bei einem Seemann das Gesicht, doch ausgemergelt und hager die Gestalt unter dem groben Leinengewand. Sindbad ging ein paar Schritte dem Tor zu, winkte einem Diener, gab ihm Weisung und zog sich in den nah gelegenen Gartenpavillon zurück. Der Diener ging zur Vorhalle und kehrte bald mit einem Krug Wasser und einem Becher zurück, wartete auch, bis der Mann im Schatten erwachte, bot ihm zu trinken an und sagte, als er getrunken und sich erfrischt hatte: »Mein Herr, dem dies Haus gehört, schickt mich zu dir; er will dich sprechen.« – »Nein, nein, ich verschwinde! Ich wollte nur ein wenig im Schatten ausruhen …«, sagte der Lastträger und mühte sich, den schweren Ballen wieder auf die Schultern zu heben. – »Lass nur, ich gebe Acht!«, sagte der junge Diener. »Geh dort hinüber zu dem Pavillon. Siehst du ihn? Und tritt ein. Mein Herr erwartet dich. Dir wird nichts geschehen.«

Unsicher, als fehle die Last ihm, ging der Mann zum Eingang des Gartenhauses und blieb dort stehen. In der Mitte sprang eine Fontäne in ein gläsernes duftendes Becken und verbreitete Kühle. Dahinter saß auf seidenem Polster Sindbad, lächelte und winkte den Mann heran. Der Lastträger grüßte, indem er sich tief verbeugte, und sagte: »Mein Herr und Gebieter, es lag mir fern, Euch zu stören, oder gar einen Schaden anzurichten. Nur ausruhen im Schatten wollt ich mich.« – »Das weiß ich«, sagte Sindbad, »sei mir willkommen und sag mir, wie du heißt, wo du her bist, was dein Geschäft ist?« – »Ich heiße Sindbad, Herr, bin hier aus Bagdad und bin ein Lastträger, der um geringen Lohn den Leuten ihre Lasten dahin trägt, wo sie wollen. Das ist mein Geschäft, und es muss mich und meine Familie ernähren. Ich bin ein armer Mann und habe Mühe, den Hunger von mir und den Meinen fernzuhalten. Doch klage ich nicht. Allah hat uns bislang am Leben erhalten.« – »Aber nicht immer findest du seine Wege gerecht.« – Der Lastträger schwieg und blickte zu Boden, in dessen Marmor schöne Bilder bunter Vögel und Fische eingelassen waren. – »Sei unbesorgt, Sindbad, ich tadle dich nicht. Nein, ich freue mich, dass wir uns begegnen. Wisse, auch mein Name ist Sindbad. Sindbad der Seefahrer heiße ich und war Kaufmann, habe mich aber zur Ruhe gesetzt. Mir scheint, wir sind wie Brüder, du Sindbad der Lastträger, ich Sindbad der Seefahrer. Jetzt haben wir uns gefunden. Und ich, Bruder, will dir alles erzählen, was mir begegnet und widerfahren ist, bevor ich dieses Haus und seine Gärten als mein Werk habe errichten können. Erst nach nicht enden wollenden Gefahren und nur durch die Gnade Allahs bin ich hier. Geh, Bruder Sindbad, führ deinen Auftrag zu Ende, dann komm gegen Abend wieder her. Meine Diener werden dich erwarten, dich ins Bad führen, dich einkleiden und zu uns bringen, denn meine Freunde und vertrauten Gäste werden dich kennenlernen wollen. Und ich, Bruder Sindbad, werde mein Leben darlegen, wie schwer oder leicht es gewesen ist auf meinen Reisen, und du wirst, denke ich, Neid und Hader beiseite tun. Verbleiben wir so?« – »Ja. Äh, ja, mein Herr …« – »Nein, nicht dein Herr!«, rief Sindbad der Seefahrer lebhaft, sprang auf von seinem Sitz und nahm Sindbad den Lastträger bewegt in seine Arme: »Dein Freund und Bruder! Jetzt geh und komm am Nachmittag wieder.«

Wie benommen verließ Sindbad der Lastträger den Pavillon, ging zurück zum Tor und dem Baum, worunter sein schwerer Packen lag, den der junge Diener bewachte. Er lud ihn sich auf und ging gebückt, langsamen Schrittes davon. Sindbad der Seefahrer aber stand noch im Gartenpavillon und warf versonnen einen Blick auf das von einer Fontäne bewegte Wasser des Brunnens, der, wie in einem runden Rahmen, ein kleines anmutiges Bild des Meeres bot. Dann ging er durch den Garten in den Palast.

Sindbad der Lastträger, nachdem er seinen Packen im Hafen abgeliefert und den Lohn kassiert hatte, kehrte langsam, fast zögernd zu dem Palast zurück. Schon unter dem Tor begrüßte ihn ein fröhlicher Klang von Flöten, Zimbeln und Lauten. Der junge Diener lud ihn ins Haus und führte ihn vorbei am mürrischen Pförtner der Vorhalle, in einen Raum mit duftendem Bassin, half ihm aus seinen Lumpen, die er wegschaffte, wusch ihn, schnitt ihm den Bart und kleidete ihn neu. Dann führte er ihn in einen Saal. Dort saß, auf einer Erhöhung, der Hausherr, und um ihn im Geviert auf kostbar bezogenen Polstern saßen die ehrwürdigen Gäste.

Sindbad der Seefahrer erzählt seine sieben Reisen

»Sei uns willkommen, Bruder!«, begrüßte ihn Sindbad der Seefahrer, wies ihm mit der Hand den Ehrenplatz neben sich selbst an und sagte zu der Gesellschaft: »Wisst, liebe Freunde, dies ist Sindbad der Lastträger, zu dessen Schatten Allah – Er sei gepriesen! – mich gemacht hat, ihn aber zu dem meinen! Wir sind wie Brüder, die sich endlich gefunden haben.« Die Gäste verneigten sich unter lebhaftem Gemurmel, und der Hausherr fuhr fort: »Ich will dir, Sindbad, und meinen lieben Gästen, nachdem ich dich gefunden habe, alles erzählen, was mir widerfahren ist. Erst nach schweren Mühen und großen Gefahren habe ich erreicht, was du siehst. Sieben lange und weite Reisen habe ich unternommen. Alle haben mir Verluste und Leiden gebracht, Not und bittere Verzweiflung, doch auch vielfältiges Glück, große Gewinne und erstaunliche Kenntnisse. Ihr sollt, du, mein Bruder, und ihr, liebe Gäste und Freunde, teilnehmen an meinen Schicksalen. Beispiel können sie sein für jeden und für das Leben der Menschen, denn Allah – Er sei gepriesen! – teilt jedem das Seine zu.«

Und so begann er seine Erzählung.

Sindbads erste Reise

»Mein Vater, der ein begüterter Kaufmann war, starb, da war ich ein sehr junger Mensch, ein Junge ohne Erfahrung. Er hinterließ mir sein beträchtliches Vermögen an liegenden Gütern, Waren und Geld, und also ließ ich's mir gut gehn die Zeit über mit Speisen, Getränken und der Gesellschaft von Freunden und dachte, das ginge so fort und fort, herrlich und in Freuden, und machte mir nicht die geringsten Sorgen.

Es war aber anders. Denn eines Tages stellte ich fest: meine Diener verließen mich, mein Geld war aufgebraucht, mein Vermögen dahin, meine Häuser und Gärten verschwunden, meine damaligen Freunde wie nie gewesen. ›Was tun?‹, fragte ich mich verzweifelt bei Tag und bei Nacht. Nichts anderes blieb mir übrig: ich verkaufte, was ich noch fand: Teppiche, Kleider, Geräte. Mit dem Erlös wollte ich auf Reisen gehen, denn, wie der Dichter sagt: ›Wer Perlen will, muss in die Tiefe tauchen.‹ Also kaufte ich ein paar wenige Waren ein, so viel ich eben bezahlen konnte, reiste nach Basra, schiffte mich ein mit anderen Kaufleuten auf einem großen Schiff, und so segelten wir von einer Insel zur anderen, von einem Meer ins andere.

Überall, wo wir anlandeten, verkauften oder tauschten wir unsere Waren, stachen dann wieder in See und fuhren weiter, von günstigen Winden getrieben. Schließlich gelangten wir zu einer prächtigen, sanft gerundeten Insel, begrünt von Gebüsch und Bäumen, zwischen denen bunte Vögel flogen. Der Kapitän rief seinen Leuten zu, sie sollten die Segel einziehen und Anker werfen. Kaum war das geschehen, stiegen alle an Land. Einige zündeten mehrere Feuer an, hängten Pfannen darüber und stellten niedere Tische auf und begannen zu kochen; andere wuschen ihre Gewänder oder gingen auf der Insel herum, um deren Schönheiten zu bewundern. Alle waren heiter und vergnügt, aßen und tranken, bis der Kapitän plötzlich laut vom Schiff her schrie: ›Ihr Reisenden! Schnell! Schnell! Kommt zurück! Kommt aufs Schiff! Lasst alles stehen und liegen! Kommt! Das ist keine Insel! Das ist ein riesiger Fisch! Das Feuer brennt ihn! Gleich taucht er unter! Rettet Euch!‹ Wir waren starr, aber schon fing die Insel an, sich zu bewegen. Das Wasser stieg an, strudelte, rauschte! Der Fisch begann unterzutauchen, schneller und schneller. Wer nicht auf dem Schiff war, wurde von den aufrauschenden Wellen verschlungen. Auch ich versank im schäumenden Wasser. Aber ich konnte ein Brett greifen, ein Waschbrett, mit dem irgendjemand gewaschen hatte. Es trug mich, aber lenken konnte ich es nicht, ich trieb auf dem Meer. Der Kapitän, der die Reisenden gewarnt hatte, ließ die Segel setzen und fuhr mit der Mannschaft, die bei ihm auf dem Schiff geblieben war, davon. Ich sah es fahren, aber konnte es nicht einholen, konnte mich nicht einmal bemerkbar machen. Es verschwand. Die Nacht brach herein. Ich klammerte mich ohne Schlaf an das Brett.

Am anderen Morgen, als die Kraft in meinen Armen schon nachzulassen begann, trieb mich eine Strömung wieder auf eine Insel zu. Eine Welle warf mich an den Strand, der nur ein schmaler Sandstreifen war. Die Ufer waren hohe Felsklippen und so steil, dass ich sie nirgends erklimmen konnte. Ich sah schon mein Ende zwischen Wasser und Fels voraus, als ich merkte, dass einer der Bäume oben seine Äste so weit herabsenkte, dass ich einen vielleicht ergreifen konnte. Ich sprang hoch, wieder und wieder, bis es gelang! Mit größter Anstrengung und letzter Kraft hängte ich mich daran und kletterte mühsam den Zweig hinauf in die Baumkrone und von da hinunter auf den Erdboden. Endlich konnte ich wieder auf meinen Füßen stehen und musste feststellen, dass die Fische und Krabben mir das Innere der Zehen abgefressen hatten, was ich vor lauter Anstrengung bis dahin nicht einmal bemerkt hatte. Ermattet von Schmerzen und vor Schwäche warf ich mich auf den Boden und blieb da liegen wie ein Toter bis zum nächsten Morgen, als die Sonne schon anfing, die Insel zu erwärmen. Mühsam hob ich den Kopf und versuchte aufzustehen. Das war quälend, denn über Nacht waren meine Füße angeschwollen, und ich konnte kaum auf ihnen stehen. Trotzdem schleppte ich mich weiter ins Inselinnere, blieb ab und an stehen und versuchte, mir über meine Lage klar zu werden, machte dann wieder einige Schritte auf den Fersen, aß Früchte von den Bäumen, wenn sie mir nicht giftig schienen, und trank aus einem Bach.

Schließlich fand ich eine Quelle, aus der frisches süßes Wasser sprudelte, und blieb an diesem Platz einen Tag und eine Nacht. Schlaf und Ruhe ließen mich wieder einigermaßen zu Kräften kommen, ich konnte mich auch wieder leichter bewegen, ging umher unter den Bäumen und brach mir einen Ast ab, auf den ich mich stützen konnte. Von der Meerseite her sah ich durch die Zweige etwas schimmern, das mir wie ein hoher Hügel erschien. Ich ging darauf los und sah dort schließlich ein Pferd, das an einen Baum gebunden war. Als das Pferd mich sah, stampfte und wieherte es und tobte so heftig, dass ich mich völlig erschreckte. Da rief eine Männerstimme: ›He! Wie kommst du hierher? Und von wo? Aus welchem Land?‹ Ich sagte: ›Ich bin schiffbrüchig und habe mich hier an Land gerettet. Jetzt weiß ich nicht, wohin?‹

Daraufhin kam der Fremde, ein starker, kraftvoller Mann, zum Vorschein. Er ergriff meine Hand und stieg mit mir in eine Höhle hinab, die sich hier auftat, und in der sich ein großer schöner Raum fand, der mit weichen Teppichen ausgelegt war. Der Mann sagte, ich solle mich an der Schmalseite des Raumes hinsetzen, verschwand und kehrte mit einigen

Schüsseln voll schmackhafter Speisen zurück, an denen ich mich satt aß. Mein Geist erholte sich allmählich von dem Schrecken, und als er sah, dass ich meinen Hunger gestillt und mich einigermaßen erholt hatte, erkundigte er sich nach mir und meinen Erlebnissen. Ich erzählte ihm alles, meine ganze Geschichte, von frühester Zeit bis jetzt. Er hörte mir schweigend und, wie ich merkte, mit großem Erstaunen zu, und ich sagte schließlich zu ihm: ›Lieber Herr, nimm mir nicht übel, dass ich dich, nachdem ich nun von mir alles erzählt habe, frage, wer du bist, und warum du hier so abgeschlossen lebst?‹ Er antwortete und sagte: ›Ich bin der Oberstallmeister unseres Königs Mihrdjan, und ich führe die Aufsicht über die Stallknechte und andere Diener. Wir züchten und erziehen eine Rasse von Pferden, die es sonst nirgends gibt. Wenn unsere Stuten rossen, bringen wir sie hierher und binden sie fest, wie du gesehen hast, und verbergen uns in dieser Höhle. Sobald alles still ist, kommt ein Meerhengst aus der See und bespringt sie und will sie mitnehmen ins Meer. Weil sie aber angebunden ist, kann sie ihm nicht folgen.

Dann will er sie zerreißen. Sobald er die Zähne bleckt, um ihren Hals zu zerfleischen, stürzen wir bewaffnet und schreiend hervor, erschrecken ihn, sodass er flieht und ins Meer zurückkehrt. Die Stuten werden trächtig von diesem Hengst, und die Fohlen werden so gute Pferde, wie man sie nur bei den Sultanen der Inseln und des Meeres findet. Wir warten gerade auf diesen Meerhengst und sobald wir mit unserer Arbeit fertig sind, gehen wir nach Hause und nehmen dich mit. Ein Glück für dich, dass du uns hier getroffen hast, sonst hättest du keinen Menschen gefunden, der dir den Weg gezeigt hätte, und du wärst nie mehr in bewohntes Land gekommen, denn das ist weit weg. Traurig und einsam wärst du hier gestorben, niemand hätte mehr von dir gewusst.‹

Da hörten wir schon von oben Hufschläge und Wiehern, ein Pferd war aus dem Meer gestiegen wie ein reißender Löwe, höher und breiter als sonst die Pferde, und es hatte stärkere Beine. Es ging auf die Stute los, belegte sie und wollte sie dann mitnehmen. Doch da schrie der Mann. Er und seine Knechte stürzten mit Lanzen und Äxten hervor, und der Hengst erschrak und floh wie ein wütendes Kamel ins Meer zurück. Dann band der Meister die Stute los und ließ sie eine Weile frei grasen und sich tummeln. Es kamen noch viele andere dazu, die auch mit Stuten auf der anderen Seite der Insel gewesen waren. Die Polster und Teppiche wurden aus der Höhle geholt, die übrig gebliebenen Lebensmittel aber zurückgelassen. Dann gingen und ritten wir lange Zeit, bis wir zur Stadt des Königs gekommen waren, der sich freute, als er die Pferde zurückkommen sah. Der Oberstallmeister führte mich vor ihn, er hieß mich willkommen und erkundigte sich nach meinem Ergehen. Ich erzählte ihm alles, und er sagte: ›Bei Allah, Er hat dir ein neues Leben geschenkt! Gelobt sei Er, der dich gerettet hat!‹ Er schenkte mir Kleider und Gewänder und behielt mich in seiner Nähe. Seine Großmut ging so weit, dass er mir die Aufsicht über die Küsten und Strände der Insel anvertraute. Lange genoss ich seine Großzügigkeit, war ihm auch in seinen Handelsgeschäften behilflich, wobei ich meinen eigenen Vorteil ebenso fand. Kamen Kaufleute oder andere Reisende zu Besuch, erkundigte ich mich immer nach

Bagdad, denn ich gab die Hoffnung nicht auf, jemanden zu finden, der dorthin reisen und mich mitnehmen würde. Ich fühlte mich nicht heimisch in der Fremde, die Entfernung von der Vaterstadt, von den vertrauten Menschen machte mir zu schaffen. Einmal kam ich zum König, grüßte ihn und traf da auf indische Kaufleute, und sie fragten mich nach meinem Land, erzählten mir ihrerseits von Indien, und wie die Bewohner dort in unterschiedliche Stände und Kasten eingeteilt seien. Unter diesen seien die Brahmanen die vornehmsten, weil sie nie ein Unrecht begehen, noch jemanden beneiden, auch keinen Wein trinken und doch immer heiter und in Scherz und Freude leben würden. Die Inder teilten sich aber auch in zweiundvierzig Sekten. Es gebe Pferde, Kamele und vor allem Rinder, die aber heilig seien und verehrt und nicht verzehrt würden.

Viel Erstaunliches und Wunderbares sah ich im Land dieses Königs: eine kleine Insel, Kasel genannt, auf der man Tag und Nacht Tamburin spielt und andere Musik macht, die weit übers Wasser zu hören ist. Die Leute dort, heißt es, seien gute Leute und verständig. Auch einen

Fisch sah ich, der zweihundert Arm lang war, und einen anderen von hundert Arm Länge; ihr Kopf aber glich dem einer riesigen Nachteule. Ach, es tut mir leid; ich kann Euch gar nicht alles beschreiben.

Eines Tages dann, als ich auf meinem gewöhnlichen Rundgang durch den Hafen war, landete ein reich beladenes Schiff. Ich blieb stehen, bis die ganze Ladung ausgeschifft und verzeichnet war. Da kam der Kapitän zu mir und sagte: ›Herr, wir haben noch Waren an Bord, deren Eigentümer wir vor einer Insel verloren haben. Wir wissen nicht, ob er mit anderen umgekommen oder noch am Leben ist.‹ Ich fragte ihn: ›Kennen sie denn seinen Namen?‹ Und er sagte: ›Ein Name steht auf einem Großteil der Ladung, nämlich: Sindbad, Bagdad.‹ Dann erzählte er mir alles, was vorgefallen war, und sagte schließlich: ›Wir haben ihn nicht mehr gesehen und, wie von mehreren anderen, nie wieder von ihm gehört. Wir wollen deshalb seine Ladung verkaufen und das Geld seiner Familie in Bagdad überbringen.‹ – Zutiefst erregt sagte ich ihm: ›Ich bin Sindbad, den du an jener Insel ausgeschifft hast, zusammen mit einigen anderen, den und denen, und du hast uns zugerufen, wir sollten uns retten, als der Fisch anfing, sich zu bewegen und untertauchte; einige konnten sich aufs Schiff retten, aber andere blieben zurück, darunter ich.‹ Und ich schilderte ihm, was mir in der Zwischenzeit widerfahren war. Voller Erstaunen sagte er: ›Gelobt sei Allah für deine Rettung!‹

Dann aber senkte er den Kopf und schwieg. Als ich ihn verblüfft ansah, sagte er schließlich: ›Es gibt keinen Schutz und keine Macht außer bei Allah, dem Erhabenen, und keine Redlichkeit, kein Glaube ist mehr unter den Menschen.‹ Was das bedeuten solle, fragte ich ihn, und er antwortete: ›Weil du den Namen Sindbad von mir gehört hast, und ich dir schon die ganze Geschichte erzählt habe, gibst du dich für ihn aus, damit du an seine Waren kommst. Bei Gott, das ist eine Sünde! Ich und alle, die auf dem Schiff waren, haben ihn ertrinken sehen.‹ – ›Kapitän!‹, sagte ich, ›Lüge ist eine Sache der Heuchler. Ich dagegen habe dir ja schon erzählt, was mir alles widerfahren ist, und wie ich schließlich gerettet worden bin. Aber erinnerst du dich noch, wie wir auf deinem Schiff das und das geredet haben, dass dies und dies auf dem Schiff vorgefallen ist, und bevor wir überhaupt zu dieser Insel des Fischs kamen, nachdem wir von Basra abgefahren waren, ist das und das passiert …‹ Ja, er erinnerte sich und war halb und halb überzeugt, ich sei wirklich Sindbad, ließ alle, die auf dem Schiff waren, kommen, und sie versammelten sich um mich auf der Kaimauer; sie erkannten mich, begrüßten mich und glaubten mir, sodass auch der Kapitän völlig von meiner Aufrichtigkeit überzeugt war. Ich erzählte den Schiffsgefährten alles, was mir zugestoßen war, wie ich gelitten hatte und gerettet worden war, was ich gesehen und erlebt hatte. Alle waren sie hell erstaunt. Der Kapitän nahm mich mit aufs Schiff und übergab mir alles, was mir gehörte. Ich öffnete sofort einen Ballen, entnahm ihm einige Kostbarkeiten, ging damit zum König, schenkte sie ihm und sagte ihm, dass das Schiff, das soeben angekommen sei, eben das sei, auf dem ich gereist war, und dass ich dank des ehrlichen Kapitäns meine sämtlichen Waren wieder erlangt hätte. Er beglückwünschte mich, und ich verkaufte in den Tagen darauf meine Ladung und gewann sehr viel daran. Dann kaufte ich neue Waren aus diesem Land und dieser Stadt und brachte sie aufs Schiff. Bald nahm ich herzlich Abschied von König Mihrdjan, der mir viele Geschenke machte, und wir reisten mit seiner Erlaubnis und unter Gottes Schutz und günstigem Wind ab und von Insel zu Insel, von Meer zu Meer, bis wir glücklich nach Basra und von da nach Bagdad gelangten. Dort ist es mir geglückt: ich konnte mein Haus neu erwerben und alles, was ich vorher vergeudet hatte, neu anschaffen, schöner und reicher, als es zuvor gewesen war, und ich lebte wieder in alter Freude und Herrlichkeit.«

Inzwischen war die Nacht angebrochen, Lampen und Leuchter wurden gebracht, ein köstliches Essen aufgetragen, und danach ließ Sindbad der Seefahrer dem anderen Sindbad, dem Lastträger, hundert Dinare – das sind hundert Zechinen – überreichen und lud ihn, sowie die Freunde und Gäste ein, anderntags wieder zu kommen, da wolle er weiter von seinen Reisen erzählen und sich ihrer Gesellschaft erfreuen.

Die zweite Reise

Am nächsten Tag, als die Sonne den Zenit schon überschritten hatte und die Schatten länger wurden, trafen die Gäste wieder ein, Sindbad der Lastträger in seinem schmucklosen Kleid bescheiden als letzter. Sie wurden in die Halle gebeten und mit Sorbetten, Gebäck und vielerlei gekühlten Früchten erfrischt. Dann aber baten sie Sindbad den Seefahrer, weiter von seinen Reisen zu erzählen. Gern kam er dieser Aufforderung nach und begann:

»Liebe Freunde, ihr wisst ja, dass ich nach meiner Reise zu meinem früheren Wohlleben zurückgekehrt war. Das dauerte eine vergnügte Weile, doch eines Tages erfasste mich unabweisbar wieder die Lust zu reisen, ein Kitzel nach Gefahr, ein Wunsch zu handeln und Waren zu tauschen, das Verlangen, mehr fremde Länder und Menschen kennenzulernen. Also kaufte ich ein, was für eine Seereise und den Handel taugte, begab mich nach Basra und schiffte mich mit anderen Kaufleuten auf einem guten Schiff ein. Wir baten Allah – sein Name sei gepriesen! – um seinen Segen und stachen in See. Unsere Reise war glücklich, wir fuhren von Insel zu Insel, von Stadt zu Stadt, sahen uns alles an, redeten mit den Leuten und machten gute Geschäfte.

Nun, eines Tages ankerten wir vor einer Insel, die menschenleer, aber voller schattiger Bäume, voller Blumen und Vögel war. Wir Reisende stiegen aus, gingen umher und freuten uns an der klaren Luft, der paradiesischen Ruhe und Schönheit. An einer munter sprudelnden Quelle setzte ich mich nieder, aß, was ich mitgebracht hatte, und bald schlief ich ein. Wie lange ich geschlafen habe, weiß ich nicht, doch als ich aufwachte, fiel schon die kurze Dämmerung ein; ich war allein. Ich sah das Schiff nicht mehr auf dem Wasser, ich sah keinen Menschen mehr. Ich rief, doch von nirgends kam Antwort. Ich lief zum Strand: er war leer. Ich lief dahin und dorthin: nirgends eine Menschenseele. Schon war es Nacht, und ich musste mir eingestehen: das Schiff war weitergefahren; man hatte mich zurückgelassen, vergessen.

Die ganze Nacht über lief ich verzweifelt am Strand auf und ab. Ich war außer mir. Erst am Morgen, als ich mich wusch, niederwarf und zu Allah betete, kam ich halbwegs wieder zu mir, stieg auf einen hohen Baum und hielt Ausschau, ob ich auf dem Meer ein Segel, ein Boot, oder nur auch einen Nachen sehen konnte: nichts! Ich spähte den Strand entlang nach einer Hütte, nach zum Trocknen aufgehängten Netzen, nach einem Landesteg: nichts! Ich blickte über die Insel, ob ich vielleicht einen Menschen, oder ein Bauwerk, oder überhaupt ein Anzeichen menschlichen Lebens entdecken konnte: wieder nichts! Alles menschenleer …

Halt! Sehr fern war da etwas Hohes, Weißes, ein Gebäude vielleicht, zu sehen. Ich kletterte von dem Baum herunter und ging in die Richtung. Bald merkte ich, dass es sich um eine außerordentlich große weiße Kugel handeln musste, ging näher und berührte sie ganz vorsichtig: die Oberfläche war glatt, hart und glänzend, doch nicht hart wie Stein, eher zart und sanft wie Seide. Ich umkreiste die Kugel – ungefähr fünfzig Schritt maß sie im Umfang – und suchte nach einer Öffnung, einer Türe, einem Fenster, einer Luke, irgendwas: aber nichts! An irgendeiner Stelle emporzuklettern, war unmöglich: so steil und glatt war das weiß schimmernde große Ding!

Während ich noch rätselte, verfinsterte sich mit eins die Sonne, obwohl ich keine Wolke am Himmel gesehen hatte. Ein riesiger Vogel kam durch die Luft herab, und mir blitzte durch den Kopf, dass ich gelegentlich ein paar Matrosen von einem Riesenvogel hatte reden hören, den sie den Vogel Roch nannten. Das musste er sein! Äh, und die weiße Kugel sein Ei! Und tatsächlich: schon war er über mir, schlug sein Gefieder auseinander und schob seinen Riesenleib über das Ei, um weiter zu brüten.

Wie viele Gedanken rasten mir durch den Kopf! Aber eins wurde mir klar: dieser Vogel konnte mich von der menschenleeren Insel fortbringen. Ich nahm meinen Turban ab, wickelte ihn los zum Seidenschal und band mich damit fest an eine Kralle des Vogelfußes. So war ich vor wilden Tieren sicher. Und wieder durchwachte ich die Nacht. Und kaum wurde es hell, erhob sich der Vogel und flog mit mir empor bis über die Wolken, dass ich nichts mehr unter mir sah als weißen Nebel, weiß und weich wie Watte. Mein Gewicht an seiner Kralle nahm er offenbar gar nicht wahr, als wär ich eine Feder. Dünn und eisig wurde die Luft, mein Herz schlug immer langsamer, da senkte das Riesentier sich hinab und durchstieß die Wolken so schnell, dass mir Hören und Sehen verging und ich mich kaum losbinden konnte, als er wieder Boden gefasst hatte. Kaum war mir das gelungen, hackte er mit dem Schnabel nach einer riesigen grauen Schlange, hielt sie fest und flog mit ihr davon.

Ich blickte mich um: Ich fand mich in einem engen Tal, umgeben von sehr hohen, steilen und glatten Felsen; kein Mensch hätte die erklimmen können; und offenbar war das Tal von Schlangen bewohnt. Kaum war ich also einer Gefahr entronnen, war ich in die nächste geraten! Mit größter Vorsicht ging ich herum und suchte einen Ausweg, da fiel auf einmal etwas von oben herab: ein geschlachtetes Tier! Und mir fiel ein, was mir früher ein Kaufmann erzählt hatte: dass es nämlich in einem unwägbaren Gebirge ein Tal mit Diamant- und Magnetsteinen gibt, in das niemand gelangen kann. Um aber an Diamanten und an Magnete zu gelangen, haben sich die Kaufleute eine List ausgedacht: Sie schlachten Ziegen und Schafe, häuten sie und werfen sie von halber Höhe hinab. In das rohe, blutige Fleisch drücken sich dann ein paar Steine. Riesige Geier kommen, holen das Fleisch und fliegen damit auf, um den Schlangen zu entgehen. Aber die Kaufleute erheben ein großes Geschrei und Gebrüll, schlagen laut Bretter aneinander und blasen grell misstönende Hörner, dass die Vögel vor dem Höllenlärm erschrecken, und der ein oder andere sein Fleischstück fallen lässt. Das heben dann die Kaufleute auf und klauben die Steine aus dem Fleisch.

›Gut‹, dachte ich, ›bin ich von einem Vogel hierhergebracht worden, soll mich ein anderer retten!‹, sammelte Steine auf so viele ich in meinen Gewändern und Taschen verstauen konnte, nahm ein großes Stück rohes, blutiges Fleisch, band es mir mit dem Schal meines Turbans fest auf die Brust und legte mich auf den Rücken. Schon kam ein Geier, fasste es mit beiden Klauen und trug mich über den Gipfel. Die Handelsleute erhoben ihren furchtbaren Lärm, der Vogel ließ seine Beute im Stich, ich machte mich los und blieb stehen. Ein Kaufmann kam aus einer Spalte zwischen zwei Felsblöcken hervor, blieb aber starr vor Schreck stehen, als er mich sah.

»Du musst dich nicht fürchten, Bruder!«, sagte ich. »Ich bin ein Mensch wie du und aus dem Tal da unten gerettet worden. Du sollst aber davon keinen Schaden haben, sei unbesorgt. Da, ich gebe dir mehr Diamantsteine, als du an dem Fleisch gefunden hättest«, griff in die Tasche und reichte ihm eine Handvoll, wofür er sich hocherfreut bedankte. Die anderen Handelsleute hatten mich inzwischen auch bemerkt, kamen dazu und waren mehr als erstaunt. Ich erzählte ihnen meine Geschichte, und sie wunderten sich noch mehr. Schließlich bat ich sie, mich mitzunehmen aus dem Gebirge, verkaufte ihnen einen Großteil meiner kostbaren Steine und reiste, weiter Handel treibend, mit ihnen von Stadt zu Stadt, bis wir ans Meer in eine Hafenstadt gelangten, wo ich mich einschiffte, und glücklich und doppelt vermögend zurück nach Basra und weiter nach Bagdad kam.«

Freudiger Beifall belohnte Sindbad den Seefahrer für seine Erzählung. Lichter und Lampen wurden hereingetragen, denn inzwischen war es Nacht geworden, und wieder wurden köstliche Speisen, Soßen, Gewürze, Sorbette, Früchte aller Art und Getränke von einer lautlosen Dienerschaft serviert. Musikinstrumente erklangen, dazwischen süßer Gesang. So endete dieser Abend. Und als die Gäste aufbrachen, ließ Sindbad der Seefahrer wiederum hundert Dinare Sindbad dem Lastträger auszahlen und lud alle auf den kommenden Abend zur Fortsetzung der Erzählung von seinen Reisen ein.

Die dritte Reise

»Liebe Freunde«, begann Sindbad der Seefahrer seinen Bericht von der dritten Reise, die er unternommen hatte, »ihr wisst, wie ich das angenehme Leben hier in meinem Haus in Bagdad genoss, aber nach einiger Zeit packte mich wieder die Lust zu reisen, mich umzutun, zu handeln und Gewinn zu machen. Hand aufs Herz! Wer lässt sich gern übers Ohr hauen, oder für dumm verkaufen? Ich kaufte also Waren ein, reiste nach Basra und schiffte mich dort auf einem großen Schiff mit anderen Kaufleuten ein. Wir reisten mit dem Segen Allahs und ohne Unfall oder irgendein Missgeschick und machten schöne Profite. Doch eines Tages, als wir vergnügt über die glatte See segelten, stieß unser Kapitän Schreckensschreie aus, schlug sich die Wangen, raufte sich Haare aus dem Bart und zerriss seine Kleider. Laut rief er: ›Ihr Leute! Ihr Leute, wir sind alle verloren!‹ – ›Wieso denn? Was ist denn? Was hast du?‹, fragten wir durcheinander, und er sagte: ›Wir sind vom Kurs abgekommen und zu der Affeninsel gelangt, auf der die Affen wie die Heuschrecken herumspringen. Kein Mensch ist noch hierher gekommen, der nicht den Tod, den Tod gefunden hätte!‹ Er ließ die Segel einziehen, doch die Strömung trieb das Schiff weiter aufs Land zu. Da befahl er, den Anker zu werfen. Zu spät! Schon kamen die Affen von der Insel hergeschwommen. Nass und zottig enterten sie wie Piraten das Schiff von allen Seiten und so zahlreich, dass wir sie nicht fortjagen noch alle töten konnten. Mit ihren scharfen Zähnen bissen sie das Ankertau durch und sämtliche Taue der Segel, zogen das Schiff an Land und zwangen uns auszusteigen. Das Schiff zertrümmerten sie mit Tamtam und Trara samt allem, was darauf war.

Diese Affen haben große gelbe schwarz umrandete Augen, schwarze Gesichter und lange klebrige Haare am ganzen Leib. Flieht man vor ihnen aber ins Innere der Insel, stößt man dort auf ein schön gebautes hohes Schloss hinter einer Mauer, in der sich ein großes Tor mit zwei Flügeln aus Ebenholz öffnet. Doch dahinter findet man im Hof Halden gebleichter Gebeine. Ein Riese, ob Mensch oder Affe lässt sich nicht sagen, haust da, hat ein schwarzes Gesicht, nur ein rotes stechendes Auge mitten auf der Stirn, als wär's eine glühende Kohle, hat unsagbar weite Nüstern und einen großen, fast farblosen fleischigen Mund. Dieses Ungeheuer, den Affen feindlich, nährt sich von lebendem Fleisch, was aber ich und meine Gefährten, als wir in den Schlosshof traten, nicht wussten, bald aber zu unserem Entsetzen erfahren sollten, als das Ungeheuer erschien. Er setzte sich auf eine riesige Bank, die im Hof stand, und betrachtete uns. Dann erhob er sich wieder und näherte sich, dass wir vor Angst nur so schlotterten. Er streckte seine Hand nach mir aus, ergriff mich, setzte mich auf seine andere und drehte mich um und um und befühlte mich wie ein Metzger, der ein Schlachttier begutachtet, dann stellte er mich zur Seite und langte nach zwei anderen von uns, denen er, einem nach dem anderen, den Kopf abbiss und verschlang. Er kam dann an den Kapitän, der der Fetteste von uns war, packte ihn im Nacken, warf ihn aufs Gesicht und setzte ihm den Fuß ins Genick, dass es hörbar brach. Dann holte er Reisig und Holz und zündete ein Feuer an. Als es zu glühender Kohle wurde, nahm er einen Bratspieß, durchbohrte damit den Kapitän, hob ihn über die Kohlen, drehte und wendete ihn da, bis er gebraten war, dann riss er ihn mit den Fingernägeln vom Spieß, fraß ihn laut schmatzend auf und nagte noch sein Gebein ab, das er schließlich beiseite warf. Die Torflügel verriegelte er, dann ging er zum Schlafen ins Schloss, wobei er schnarchte und grunzte wie ein riesiges Schwein, dass wir es draußen hörten.

Alle hatten wir den Tod ohne Rettung vor Augen, klagten und jammerten, bis ich vorschlug, mit vereinten Kräften die Eisenriegel des Tors zu lösen und dessen Flügel, sobald der Weg frei wäre, zum Strand zu tragen, dort aber als Flöße zu nutzen, denn besser sei es, sich der Gnade Allahs und dem Meer anzuvertrauen, als von den Affen getötet oder von dem Riesen gefressen zu werden. Alle, die wir noch am Leben waren, stimmten dem zu. Da kam er wieder heraus, wieder verschlang er zwei von uns lebendig und nagte die Knochen ab. Wieder ging er hinein, schlief und schnarchte, schnarchte und schlief! Doch wir ermannten uns jetzt: je eine Gruppe nahm einen der Eisenriegel des Tors, rannte an und stieß sie dem Ungeheuer, einen um den anderen, tief in die Augenhöhle. Schrecklich, wie es schrie! Wie er uns zu fangen versuchte! Wie er mit ausgestreckten Fingern über den Boden fegte! Doch nun war er blind, und wir konnten entkommen.

Aber hier hausen noch andere wie er auf dieser Insel, die ihn hörten und gelaufen kamen, um zu sehen, warum er so schrie und ihm womöglich zu helfen. In rasender Eile schleppten wir Reisenden die Ebenholztüren des Tores zum Strand, schoben sie ins Wasser und paddelten mit Händen und Füßen hinaus ins offene Meer. Nicht weit genug! Die gräulichen Riesen, den jetzt blinden eingeschlossen, den sie mitgeführt hatten, schleuderten große Steinbrocken nach uns Flüchtigen. Viele trafen tödlich; die See wurde aufgerührt, und schließlich schlug einer der rettenden Torflügel um, und alle, die sich noch daran und darauf festhielten, wurden ins Meer gerissen, ertranken.

Diesen Tod sah auch ich vor Augen. Ich spornte meine Gefährten zu einer verzweifelten Anstrengung an, und wir schafften es endlich, außer Wurfweite der wütenden Ungeheuer zu gelangen. Doch ausruhen konnten wir nicht. Dort ist nichts als unabsehbare Wasserwüste, und wir wurden von Wind und Wellen umhergeworfen. Alle waren wir erschöpft; einige glitten kraftlos von diesem kunstvollen Floß herunter; zuletzt waren wir unsrer noch drei, auf die ein schwarzer, sternflimmernder Himmel herabsah. Endlich aber wurden wir vom Wind gegen eine Insel getrieben, der wir mit letzten Kräften zustrebten.

Ein schmaler, sanft geneigter Sandstreifen bildet den Strand dort, der bald in Gesträuch und Wald übergeht. Bäche münden ins Meer. Stauden und Sträucher blühen. Hecken tragen Beeren, kleine Früchte. Bunte Vögel fliegen umher. Ihr Gesang, ihre Triller füllen die Luft. Nur kaum konnten wir Gestrandeten uns ein wenig erfrischen, schon überwältigte uns die Müdigkeit, wir sanken in tiefen Schlaf.

Ich erwachte jäh mitten in der Nacht von einem Geräusch wie Sturmwind und weckte die beiden anderen. Was war das? Angst überkam uns: Eine ungeheuerlich große Schlange hatte uns umzingelt und fuhr mit weit geöffnetem Rachen auf einen der Schiffbrüchigen los, packte ihn und würgte ihn lebend hinunter. Man sah noch seine Schultern und seinen Kopf aus ihrem Rachen ragen. Er schrie kläglich um Hilfe, doch da machte die Schlange eine schnelle Bewegung, zog sich zusammen, entrollte sich wieder. Man hörte die Knochen des Mannes krachen: er war verschlungen, und die riesige Schlange kroch davon.

Dies grausige Erlebnis entsetzte uns beide noch Übrige bis zur Lähmung. Den Affen waren wir entkommen, den Riesen und der Wut der Wellen entgangen und jetzt wurden wir Opfer dieses Ungeheuers! Wir flohen von dem Ort und suchten nach einer Zuflucht, doch fanden keine. Als es dunkelte, stiegen wir auf einen hohen Baum, um uns in Sicherheit zu bringen. Doch die Schlange hatte uns züngelnd gewittert, wand sich mit Sturmgetöse zu dem Baum, der sich schon bog, kroch halb an dem Stamm hinauf und erreichte einen von uns, den sie wiederum lebendig hinunterwürgte. Ich, hoch oben an dünne Zweige geklammert, wurde beinahe ohnmächtig. Wäre ich hinuntergefallen, ich wäre unweigerlich der Schlange Fraß geworden. Die kroch aber davon.

Als der Morgen kam, stieg ich vom Baum und wollte mich ins Meer werfen. ›Lieber ertrinken‹, dachte ich, ›als erwürgt und gefressen zu werden von diesem Untier.‹ Doch der Mensch klammert sich an das Leben. Ich sammelte also trockene Binsen, Schlinggewächse, Hölzer, Scheite und Äste, flocht sie zusammen zu einer Art großem, stachligem, sperrigem Korb, in den ich, als der Abend kam, schlüpfte, und kaum war es finster, kroch die Schlange unter lautem Gezisch herbei und wollte ihre Beute verschlingen, konnte sie aber, ohne sich zu verletzen, nicht erreichen. Wieder und wieder versuchte sie es. Bald entfernte sie sich, kam zurück, versuchte, das Geflecht mit ihrer langen gespaltenen Zunge zu lockern und aufzulösen, doch gelang es ihr nicht. Das ging die ganze Nacht so. Am Morgen gab sie auf und verschwand.

Ich machte mich los, dankte Allah – Er sei gepriesen! –, streifte über die Insel und aß ein paar Früchte, die ich im Gras unter den Bäumen fand, dann erblickte ich einen steilen Hügel, stieg hinauf und sah mich um. Auf dem Wasser, nicht weit vom Strand, sah ich ein

Schiff! Ein Schiff! Ich schrie, winkte, tanzte und hüpfte und schwenkte Zweige, und der Mann im Ausguck sah mich, ein Boot wurde zu Wasser gelassen, fuhr ans Ufer, die Seeleute, denen ich laut schreiend entgegenlief, fragten mich, wer ich sei, und ich sagte: ›Ich bin ein Mensch, so elend ich auch aussehen mag! Nehmt mich auf! Ich will euch erzählen, was mir widerfahren ist, und wie ich hierher gekommen bin.‹ Sie brachten mich an Bord, zogen mir die zerfetzten und stinkenden Kleider aus, gaben mir Suppe und Schiffszwieback zu essen, zogen mir, nachdem sie mich gesäubert hatten, reine Gewänder an, und als ich ein wenig zu Kräften gekommen war, erzählte ich meine Leidensgeschichte. Die musste ich wiederholen, als wir auf der Insel Kalaset gelandet waren, und eine große Menschenmenge hörte zu, von der jeder mir zum Trost einen Dinar schenkte, mit welchem Geld ich dann Waren einkaufte, die ich, als das Schiff weiter nach Indien fuhr, vorteilhaft wieder verkaufen konnte.

Schließlich segelte das Schiff weiter nach Sind, um auch dort Handel zu treiben mit Gewürznelken, Ingwer und Zimt. Dies ist ein

Land voll ungezählter Merkwürdigkeiten. Da gibt es Fische, groß wie Stiere und Esel, Vögel, die ihre Eier auf dem Wasser legen und ausbrüten und niemals ans trockene Land kommen oder gar fliegen, Seemuscheln, aus denen junge Adler schlüpfen, und vieles Andere mehr. Endlich gelangten wir, von Insel zu Insel reisend, nach Basra und weiter nach Bagdad, ich mit mehr Geld, Waren und Schätzen, als ich selbst wusste, bevor ich alles sorgfältig und kalkulierend in Augenschein genommen hatte, und ich schwor mir, nie wieder auf Reisen zu gehen!«, schloss er den Bericht von seiner dritten Reise.

Dann ließ er köstliche Speisen und Getränke auftragen, wieder ertönten Musik und Gesang, Sindbad dem Lastträger aber ließ er hundert Zechinen auszahlen, und alle lud er als seine Gäste auf den kommenden Nachmittag ein.

Die vierte Reise

Furchtbare Dinge erzählte Sindbad der Seefahrer anderntags, er, der Überlebende unter tausenden Toten, beginnend damit, dass er sich wieder mit vielen Kaufleuten eingeschifft hatte, sie alle aber in einen furchtbaren Sturm gerieten, der ihrem Schiff auf dem Meer die Segel zerfetzte, den Mastbaum knickte, es gänzlich zertrümmerte und Mannschaft und Reisende fast alle in den haushohen Wogen ertränkte, nur Sindbad und ungefähr ein Dutzend anderer konnten sich an schwimmende Trümmer klammern und wurden, nach Allahs Bestimmung – Er sei gepriesen! –, auf eine große Insel geworfen.

Der Sturm legte sich über Nacht, und am Morgen brachen sie auf ins Landesinnere. Da kamen ihnen aus sauberen Hütten dunkelhäutige, schwarz gekleidete Menschen entgegen, führten sie zu ihrem Oberhaupt, wo ihnen eine Speise vorgesetzt wurde, die sie nicht kannten, noch je gegessen hatten. Sie aßen aber gierig davon, außer Sindbad, den es ekelte, und der mitansehen musste, wie seine Gefährten offenbar von der Droge sofort den Verstand verloren, aßen und aßen wie Rasende, danach aber sich die Kleider vom Leib rissen und sich mit Kokosöl salbten, dann weggeführt und auf glühroten Rosten gebraten wurden, denn sie waren an Magier geraten, deren König ein Werwolf war, ein unersättlicher Menschenfresser wie sie selber. Sindbad war zutiefst entsetzt, aß nichts und trank nichts, magerte ab und dörrte aus, sodass die Schwarzen ihn wohl für krank hielten und sich nicht mehr um ihn kümmerten. Verstohlen ging er weiter und weiter weg, bis er schließlich auf einen alten Mann stieß, einen Hirten, der diejenigen Menschen auf die Weide führte, die vom König gefressen werden sollten. Sie wurden mit Früchten der Insel und Kokosnüssen gemästet, bis sie dafür fett genug waren. Sindbad wollte sich verstecken und umkehren, doch der Greis bemerkte ihn und winkte nach rechts als dem Weg, den er einschlagen sollte, was er schnell tat. Er fürchtete, verfolgt zu werden, ging langsam, sah sich um, pflückte Pflanzen, aß einige Früchte, ging dann schneller und schneller, bis die Nacht einbrach, und er sich unter einem Strauch niederlegte. Vor Müdigkeit konnte er jedoch nicht einschlafen, stand also wieder auf und ging die Nacht durch, ruhte am Morgen aus, stärkte sich an einigen Früchten und setzte so seinen Marsch sieben Tage lang fort.

Bei Sonnenuntergang am achten Tag traf er auf Leute, die Pfeffer sammelten. Kaum sahen sie ihn, kamen sie ihm entgegen, gaben ihm zu essen und fragten ihn, wer er sei und woher er komme.

»Ich«, fuhr Sindbad in seiner Rede fort, »erzählte ihnen alles, und sie waren erstaunt, dass ich den schwarzen Menschenfressern entkommen war, nahmen mich mit auf ihr Boot, und das brachte uns auf ihre Insel. Dort erhielt ich die Erlaubnis von ihrem König, in ihrer reichen, belebten Hauptstadt zu bleiben, und beobachtete, dass die Bewohner auch die besten, rassigsten Pferde noch ohne Sattel und Zaumzeug ritten. Ich fragte, weshalb, aber niemand kannte diese Dinge, also erbat ich vom König die Erlaubnis, einen Sattel herstellen zu dürfen, erhielt sie und ging zu einem Schreiner, dem ich eine Zeichnung machte, wonach er einen Sattel bauen konnte. Als der Sattel fertig war, fütterte ich ihn mit Wolle aus und bezog ihn mit Leder. Von einem Schmied ließ ich nach meinen Anweisungen eine Gebissstange und Steigbügel machen. Dann ging ich wiederum zum König, suchte in seinem Marstall ein Pferd aus, legte Sattel, Zaumzeug und Steigbügel an, und, nachdem ich es beruhigt hatte, bat ich den König, es zu besteigen. Der tat es und er war begeistert. Kostbare Geschenke bezeugten seine Dankbarkeit. Und alle Großen des Inselreichs wollten diese Geräte haben, die ich ihnen nun fertigen ließ. So wurde ich reich.

Eines Tages sagte der König zu mir, er wünsche sehr, dass ich für immer bei ihnen und in ihrer Stadt bliebe, eine vornehme Frau zum Weib nähme und so einer der ihrigen würde. Ich überlegte, doch rasch fügte ich mich. Der König rief einen Kadi und die Gerichtszeugen und verheiratete mich mit einer sehr schönen, adligen Frau, die Geld und große Güter besaß. Er schenkte uns ein prachtvolles Haus, und darin lebten wir in Freude und lernten einander lieben.

Die Monate vergingen. Auf einmal herrschte im Nachbarhaus Aufruhr. Geschrei, Jammer, Wehklagen drangen bis in unser Haus, und da wir uns mit unserem Nachbarn angefreundet hatten, erkundigten wir uns nach der Ursache. Er sagte uns, seine Frau sei gestorben, und natürlich wollte ich ihn trösten und sagte, er sei noch jung und könne nach der Trauerzeit auf ein langes, glückliches Leben hoffen, was ich ihm auch wünsche. Doch der Witwer ließ sich nicht trösten und klagte, er habe nur noch ein, zwei Tage zu leben, denn im Land herrsche die Sitte, dass, sterbe ein Mann, seine Witwe, sterbe eine Frau, ihr Mann mit ihnen begraben werde, sodass sie auch im Tod bis zum Tag der Auferstehung vereinigt seien. ›Was für eine abscheuliche Sitte!‹, entfuhr es mir, ›Man muss sie ändern!‹ Doch mein Freund sagte bekümmert: ›Man kann sie nicht ändern! So war es schon bei unseren Vätern und Vorvätern, bei unseren Ahnen und Urahnen. Diese Sitte ist heilig und wird immer walten!‹

Während wir sprachen, wurde die Tote gewaschen, in ein Linnen gewickelt und in einen einfachen Sarg gelegt. Der wurde hinausgetragen. Der Witwer folgte ihm weinend; viele Stadtbewohner schlossen sich an, denn die Verstorbene war beliebt, der Mann hoch angesehen. So ging der Zug hinaus aus der Stadt ans andere Ende der Insel, bis er zu einem großen runden Stein kam, der eine Zisterne bedeckte. Der Stein wurde weggerückt, und der Sarg an Stricken hinabgelassen. Nach ihm der Mann, dem man einen Krug Wasser und sieben kleine Brote mitgab. Danach wurde die Öffnung wieder mit dem Stein verschlossen, und jeder ging seines Wegs zurück in die Stadt.

Bei meinem nächsten Besuch fragte ich den König, ob dieser mir abscheulich und barbarisch erscheinende Brauch wohl auch für Nicht-Einheimische gelte. Was der König bejahte. Von da an verabscheute ich meinen Aufenthalt in dieser Stadt, auf dieser Insel, wünschte meiner Frau oft und oft ein langes gesundes Leben und erkundigte mich angelegentlich, aber unauffällig nach den Möglichkeiten zum Verlassen der Insel. Doch bevor ich dies ins Werk setzen konnte, erkrankte meine Frau tatsächlich. Ich pflegte sie Tag und Nacht, rief alle Ärzte der Stadt an ihr Krankenlager und wich voll Sorge nicht von ihrer Seite. Dennoch: sie siechte dahin, wurde schwächer und schwächer und – Gott hab Erbarmen! – schließlich, mit einem Seufzer, verschied sie.

Ich war außer mir: Nun konnte ich meine Flucht nicht mehr bewerkstelligen! Doch vor den vielen Besuchern, die ihr Beileid ausdrückten, musste ich mein Gesicht wahren. Auch der König erschien, der mich einen langen Augenblick zum ewigen Abschied ans Herz drückte. Unterdessen war meine Frau schon in ihren Sarg gelegt, und der Zug zur Zisterne setzte sich in Bewegung. Ich versuchte mein Äußerstes und schrie, an dem Stein angelangt, der wieder weggeschoben wurde: ›Ist es bei Allah erlaubt, einen Fremden lebendig zu begraben?!‹ Aber niemand hatte Mitleid mit mir. Niemand hörte mich an. Ich wurde mit einem Strick gefesselt, bekam einen Krug Wasser und sieben kleine Brote in die Hände gedrückt und wurde in die Tiefe hinuntergelassen. Den Strick nahm ich unten nicht ab, sie warfen mir unablässig Schreiendem das obere Ende hinterher.

Die lichtlose Unterwelt tat sich auf, als ich verstummte: finsterste Finsternis! Eine Hölle ohne Hitze und Glut. Stattdessen Kälte! Dichte Feuchtigkeit! Und der entsetzliche Gestank der Verwesung! Den Wasserkrug stellte ich tastend auf einen Sarg, legte die Brote daneben. Dann nahm ich den Strick ab, verfing mich in Leichentüchern, stieß an Gebeine, griff in ein Totengesicht, ein gebleckteѕ Gebiss, hörte ein leises Stöhnen, ein Röcheln. Es kam von dem Mann, der viele Tage zuvor lebendig hinuntergelassen worden war. Jetzt hockte er da im Sterben.

Ich setzte mich auf den nasskalten Boden: geglätteter Fels. Die Zisterne war eigentlich eine Höhle, eingerichtet als Wasserspeicher, dann aber genutzt für die grausigen Begräbnisse. Nach Stunden erst – doch gab es dafür hier unten kein Maß – tastete ich nach dem Krug, trank wenige Schlucke Wasser, brach kleine Stücke von einem Brot und kaute lange daran. Ich wollte nur wenig essen, damit es eine längere Frist gäbe, worin Allah mich retten könnte, wenn er denn Erbarmen mit mir haben sollte. An Schlaf dachte ich nicht. Ich tastete mich zwischen zerborstenen Särgen und losen Gebeinen bis an die Felswand und ging daran entlang zwischen Toten und Leichen, Knochen, Scherben, vermoderten Lumpen. Langsam, allmählich, wurde die Schwärze vor meinen Augen zu einer Art dunkler Dämmerung, und ich bemerkte, dass ich im Kreis ging, sank an der feuchten Felswand herunter und schlief ohne Besinnung, erwachte wieder, nicht wissend, ob Tag oder Nacht war, tastete zum Wasserkrug, zum Brot zurück, wieder und wieder. Nicht lang, so war das Wasser getrunken, das Brot verzehrt. Ich wartete nun auf mein Sterben. Da wurde oben der Stein wieder weggehoben, ein Sarg heruntergelassen, danach eine junge gefesselte Frau mit Krug und Broten, dann die Zisterne wieder geschlossen.

Ich, meine Ohren gegen das Weinen der jungen Frau verschließend, wartete eine Weile und noch einmal lange in der Finsternis, dann hob ich einen Schenkelknochen vom Boden auf, schlich an sie heran und erschlug sie. So waren Wasser und Brote mein!

Auch nach dem reichen Schmuck, den sie trug, fühlte ich und nahm ihn an mich.

Längere Zeit lebte ich so in der dunklen Höhle, indem ich Witwen und Witwer, die mit ihren verstorbenen Gatten lebendig begraben wurden, totschlug und von ihrem geringen Proviant mein Leben in feuchter Finsternis fristete. Elend schlich ich unter den Leichen herum, immer noch auf Allahs Hilfe hoffend. Einmal, an der Felswand lehnend, schrak ich auf. Mir war, als hörte ich ein Rasseln von Gebeinen, ein Rascheln von Stoff.

Was war das?!

Ich bückte mich, hob einen Knochen als Waffe auf, denn ich fürchtete mich, und verharrte. Da war es wieder! Was war das? Was war das? Ich nahm allen Mut zusammen. Langsam, vorsichtig tastend, bewegte ich mich darauf zu. Ich konnte nichts sehen, doch hörte ich, das, was immer es war, es vor mir davon lief, und ich verfolgte es lange über den unebenen Boden. Da sah ich fern ein Licht flimmern wie einen Stern, ging darauf zu, es wurde heller und heller, ich sah nun den Felsgang, worin ich gebückt ging, und schließlich stand ich in einer schmalen Öffnung, in einer Felsspalte, durch die das Sonnenlicht in die Höhle brach. Sie hatte einen Ausgang zum Meer! Tiere schlichen hinein, um Aas der Toten in der Zisterne zu fressen.

Mir war, als träumte ich, doch dann warf ich mich aufs Gesicht zu einem Dankgebet. Nicht weit unter mir lag ein Kieselstrand. Über mir stieg die Klippe empor, die sich landeinwärts zur alten Zisterne und zur Hauptstadt hin neigte. Ich ging zurück, um das Brot und das Wasser zu holen, das ich dort noch hatte, und nahm allen Schmuck, die Diamanten, Rubine, Perlen, die Armreife und Ketten aus Gold, wickelte sie in Leichentücher und trug sie nach draußen, schnürte mehrere Ballen daraus und schaffte sie ans Ufer. Während ich damit beschäftigt war, segelte ein Schiff um das Kap, und ich, Sindbad, rief so laut ich konnte und winkte mit einem der Totengewänder. Ich wurde gesichtet, ein Boot wurde zu Wasser gelassen, das mich mit meinen Packen an Bord brachte. Ich erzählte von einem Schiffbruch, aus dem ich mich mit meinem Gepäck als einziger gerettet habe, holte auch noch einigen Schmuck hervor, wovon ich dem Kapitän etwas anbot, da mein Geld verloren sei, der jedoch nichts davon annahm, weil er, wie er sagte, zu Ehren Allahs jeden Schiffbrüchigen und Gestrandeten aufnehme und verköstige. Er freue sich, mich gerettet zu haben und auf seinem Schiff außer Gefahr zu sehen; mein Dank sei ihm Lohn genug.

Während der Heimreise erzählte ich ihm viel von meinen Erlebnissen und Abenteuern, doch nichts von der Insel, die wir schnell hinter uns gelassen hatten. Nach wenigen Wochen erreichten wir Basra. Da verabschiedeten wir uns voneinander. Und ich gelangte bald mit den so grässlich mir angeeigneten Schätzen nach Bagdad.

Freunde! Liebe Freunde, es waren Schätze der Hölle! Und noch immer steht mir die Hölle vor Augen! Noch immer, wenn ich alter Mann nachts aufwache und ins Dunkel starre, seh ich sie vor mir, höre ein Rascheln, ein Wispern … Vergebt mir!

Ich verkaufte alles nach und nach und stiftete den Erlös für die Kranken, die Armen und Waisen. Ja, ich hoffte und hoffe es noch, dass Allah, der Allerbarmer, mir so mein Verbrechen vergibt.«

Lange schwieg die Gesellschaft. Dann winkte Sindbad den Musikanten und Sängerinnen, ließ wieder Speisen und Getränke auftragen, ließ Sindbad dem Lastträger hundert Goldstücke auszahlen und, indem er ihm sagte: »Sei dankbar für dein Los!«, lud er ihn und die Freunde und Gäste erneut auf den anderen Tag ein.

Die fünfte Reise

Schleierwolken zogen sich nachts über den Himmel, der Tagesglanz war getrübt, doch ungeachtet dessen versammelte sich die kleine Gesellschaft bei Sindbad dem Seefahrer in der bereits üblichen Art, und der Herr des Hauses begann, von seiner nunmehr fünften großen Reise zu erzählen.

Er sei, sagte er, nach den grauenvollen Erlebnissen der Reise zuvor, fest entschlossen gewesen, seinen Fuß nie wieder auf ein Schiff zu setzen, doch die Lust, fremde Länder zu sehen, fremde Lebensart zu erkunden, gefährliche sowohl als erfreuliche Abenteuer zu erleben, habe erneut die Oberhand in seiner Seele gewonnen, und als ihm nach einem Jahr ein großes Schiff zum Kauf angeboten worden sei, sei er nach Basra gereist, habe es besichtigt und überprüft, für gut befunden und gekauft, habe Kapitän und Mannschaft besoldet, Waren einladen lassen und sich mit mehreren Kaufleuten zusammen eingeschifft.

»Bevor die Anker gelichtet wurden, lasen wir laut die erste Sure des Korans: ›Lob sei Allah, dem Herrn der Welt, / Dem Allerbarmer, dem einzig Barmherzigen, / Dem Richter der Welt am Tag des Gerichts! / Wir sind Deine Diener. / Dich rufen wir an: Hilf uns! / Führ uns den rechten Weg, / Den Weg derer, denen Du Gnade gewährst, / Nicht den Weg der Missetäter, denen Dein Zorn gilt, / nicht den Weg derer, die in die Irre gehn!‹

Dann segelten wir ohne Gefahr von Land zu Land, von Stadt zu Stadt, bis wir vom Wind zu einer einsamen Insel getrieben wurden. Dort fanden wir im warmen Sand eine Art von weißem Kuppelgebäude ohne Fenster und Türen, das ich sofort wiedererkannte, denn es war wie das Ei des Vogels Roch. Und wahrhaftig! Wir hörten, wie sich im Inneren etwas regte, und hörten ein Pochen an der Schale, die Risse bekam, und schon sahen wir den Schnabel des riesigen Vogelkükens, das sich aus dem Ei befreien wollte. ›Lasst es in Ruhe!‹, schrie ich. Zu spät! Die Handelsleute, die mit mir ausgestiegen und über den Strand gegangen waren, schlugen mit ihren Messern, mit Fäusten und Steinen, die sie da fanden, auf das Ei los, vergrößerten das Loch, welches das Vogeljunge gepickt hatte, zerrten es durch die Öffnung, schlachteten und zerteilten es und wollten das viele und zarte Fleisch rösten, braten und verzehren. Umsonst rief ich ihnen zu, sie sollten das lassen und schnell zum Schiff zurücklaufen, denn wenn der Vogel Roch käme und sähe, was sie getan hätten, würde er sie alle töten und das Schiff zerstören.

Da verdunkelte sich die Sonne von einer rasend schnell wachsenden schwarzen Wolke, die immer größer wurde. Das war der Vogel Roch mit seinen riesigen Flügeln. Der kreiste über der Stelle und sah, was mit seinem Jungen geschehen war. Laut krächzte und heulte er auf, während ich und alle Leute liefen, so schnell wir konnten, um das Schiff zu erreichen und wegzufahren. Das Weibchen des Vogels Roch erschien am Himmel, kaum kleiner als er, und schrie ebenfalls laut. Dann verschwanden sie beide. Alle gelangten wir an Bord. Der Kapitän ließ den Anker lichten und hielt, so schnell es ging, hinaus aufs freie Meer. Doch da war der Vogel Roch schon über uns mit einem Ungetüm von Felsbrocken in den Klauen, den er auf das Schiff fallen ließ. Der Steuermann konnte dem gerade schnell genug eine Wendung geben, sodass der Fels neben das Schiff ins Meer fiel. Beinahe kenterte es von den aufgewühlten Wassermassen, da war über ihm schon das Weibchen des Vogels und ließ einen noch größeren Felsen mitten aufs Deck fallen, der das Schiff völlig zerschmetterte. Alle ertranken, nur ich, unter Wasser gedrückt, konnte mich an einem hölzernen Trümmerstück festhalten. Halb schwimmend, halb tauchend entkam ich.

Tagelang trieb ich unter Qualen im Wasser, bis ich am Strand einer anderen Insel angeschwemmt wurde. Ich fand eine Süßwasserquelle, die da ins Meer floss, trank gierig daraus und wusch mich dann, warf mich in den Sand und dankte Allah, der mir barmherzig gewesen war. Unter Sträuchern, die mir ein wenig mit reifen Beeren den Hunger stillten, schlief ich erschöpft ein und ruhte bis zum nächsten Mittag. Dann machte ich mich auf, die Insel zu erkunden. Ich ging einen Bachlauf entlang, dem fröhlich plätschernden Wasser und seiner Quelle entgegen, bis ich ein tätiges Wasserrad sah, vor mir aber ein Mann stand, ungestalt, doch nicht kraftlos, nackt, jedoch mit einem Lendenschurz aus Blättern um die Hüften.

Wir grüßten einander freundlich durch Zeichen, und er hieß den Ankömmling stumm willkommen. Dann gab er mir durch Gesten zu verstehen, ich solle ihn hinüber zum Wasserrad tragen. Ich dachte natürlich, der Mann habe Hilfe nötig, und nahm ihn, verwundert über sein Gewicht, auf den Rücken. Beim Wasserrad wollte ich ihn niedersetzen, doch er verweigerte das, hatte fest die Beine um meinen Hals geschlungen und ließ sich nicht von den Schultern losmachen.

Ein entsetzliches Ringen begann. Mir wurde schwarz vor Augen. Ich stürzte wie tot zwischen den Beinen des Aufhockers zu Boden. Als ich wieder zu mir kam, riss er mich an den Haaren, zwang mich zum Aufstehen mit sich als meiner Last und ihn unter die Bäume zu tragen, wo er sich an den Früchten gütlich tat und mich gnädig ein paar pflücken ließ. Weder bei Tag noch bei Nacht stieg er mir von den Schultern, verunreinigte mich von oben bis unten und nur, wenn wir an ein Gewässer kamen, ließ er zu, dass ich bis zum Nacken eintauchte und versuchte, mich zu säubern. Tat ich aber nicht sofort, was der Unmensch wollte, schlug er mich mit aller Kraft auf die Brust und in die Seiten, und diese Schläge waren ärger als Peitschenhiebe.

So wurde ich zum gehorsamen Sklaven und Reittier, verfluchte meine Neugier und Reiselust, meinen Drang, mich in Handel und Wandel großzutun, meine unabweisliche Gier nach Erfolg, mein heimlich brennendes Bedürfnis, ein großer Herr zu sein. Dies alles hatte mich letztendlich in diese Qualen geführt. Und ich verfluchte die Tatsache, dass ich dazu neigte, anderen, die ich in Not sah, zu helfen; das sollte nie wieder vorkommen, nahm ich mir vor.

Eines Tages entdeckte ich mehrere trockene Kürbisse, nahm einen und höhlte ihn aus, pflückte kleine, wild wachsende Trauben und presste ihren Saft da hinein, verschloss die Öffnung mit Lehm und legte den Kürbis in die Sonne, bis der Traubensaft gärte und sich in starken Wein verwandelte. Jeden Tag trank ich ein paar Schlucke davon. Das gab mir Kraft und berauschte mich. Ich spürte für eine Weile keine Müdigkeit mehr. Ja, einmal machte der Wein mich so munter, dass ich anfing zu singen, Verse zu rezitieren, in die Hände zu klatschen und mit meinem grausigen Reiter hin und her zu hüpfen. Der wollte, als er die Wirkung sah, auch vom Wein. Ich gab ihm den Kürbis. Er nahm ihn und trank ihn ganz aus. Da wurde auch er munter, klatschte in die Hände, hüpfte mit dem Arsch auf meinen Schultern herum und strampelte mit den Beinen. Da warf ich ihn ab, sah ihn halb betäubt auf dem Boden liegen, griff nach einem schweren Stein und schlug auf ihn ein, wieder und wieder, bis der Schädel meines Quälgeists nichts war als Matsch und Knochensplitter, und Blut und Hirnmasse sich mischten. Bei diesem Anblick wurde mir speiübel, ich wandte mich ab, würgte und erbrach mich wieder und wieder, bis ich ganz nüchtern war; dann deckte ich die Leiche des abscheulichen Scheusals mit Zweigen zu und ging an den Strand zurück, wo ich ins Wasser tauchte, mich wieder und wieder wusch, wusch und rieb, bis ich den Schmutz und den Ekel dieser grässlichen Kreatur endlich abgewaschen hatte und mich frei fühlte.

Tag für Tag blickte ich danach sehnsüchtig aufs Meer hinaus, ob sich nicht ein Schiff am Horizont zeigen würde, und nicht lang, da näherte sich eines der Insel, ließ ein Boot zu Wasser mit ein paar Seeleuten besetzt, die kamen, um frisches Wasser von der Quelle, wo ich mich aufhielt, an Bord zu nehmen. Von Weitem schon winkte ich ihnen. Sie trafen mich an der Quelle. Ich erklärte ihnen, wer ich sei, und sie nahmen mich mit auf ihr Schiff, wo ich dem Kapitän alles von meiner Reise erzählte. Der beglückwünschte mich zu dem Tod des Ungeheuers: ›Den du da erschlagen hast, dem ist noch niemand lebend entkommen. Man kennt ihn nur von Gerüchten und nennt ihn den Scheich des Meeres. Wer unter ihm umgekommen ist, den hat er zuletzt noch gefressen. Also freue dich, Sindbad, wie wir uns freuen!‹ Dann lud er mich zum Essen in seine Kajüte und beschenkte mich mit neuen Gewändern, denn ich war beinahe nackt.

Wenig später landeten wir im Hafen einer großen Stadt mit gewaltigen Befestigungsmauern, die große eisenbeschlagene Tore hatten. Die Bewohner der Stadt brachten sich jeden Abend dahinter in Sicherheit oder fuhren in Booten über Nacht vom Land weg aus Furcht vor den Affen. Den Affen? Ich dachte an mein früheres Abenteuer und gedachte auch meiner getöteten Freunde. Während ich aber so in Gedanken durch die Straßen ging, setzte das Schiff wieder Segel und fuhr in die anbrechende Nacht hinaus. Ohne mich, ich blieb allein zurück! Ein Mann im Hafen sah mich allein stehen und wie niedergeschlagen ich war. Ich sprach ihn an. ›Du bist hier fremd?‹, fragte er. ›Ja, das Schiff, auf dem ich herkam, hat hier geankert und mich zurückgelassen‹, gab ich bekümmert zur Antwort. ›Jetzt stehe ich hier und kenne die Stadt nicht, noch ihre Menschen.‹ ›Kein Grund zur Furcht!‹, sagte der Mann zu mir. ›Ich nehme dich mit auf mein Boot. Denn du musst wissen: Wenn du nachts vor der Stadt bleibst, kommst du um. Die Affen aus den Wäldern fressen dich auf.‹

Am anderen Morgen fuhr er mit mir zurück in den Hafen und fragte mich: ›Verstehst du kein Handwerk?‹ Und ich antwortete ihm, ich sei ein reisender Kaufmann, der im Schiffbruch alles verloren habe und kein Handwerk verstünde, aber auch kaum einen Dirham bei sich habe, weil das Schiff, auf dem ich hergekommen sei, mich zurückgelassen habe. Daraufhin gab mir der freundliche Mann einen grobleinenen Sack mit Steinen und sagte: ›Da, nimm!‹ und führte mich zu einer Gruppe von Leuten, denen er mich als Sindbad vorstellte, indem er sagte: ›Hier ist Sindbad, der leider alles in einem Schiffbruch verloren hat und kein Handwerk versteht. Bitte, nehmt ihn mit! Vielleicht kann er, wenn er das tut, was ihr macht, so viel verdienen, dass er in seine Heimat zurückkehren kann.‹ Die Leute stimmten zu und hießen mich freundlich willkommen. Der Mann sagte: ›Tu nun, was sie tun, und wenn du zurückkommst, melde dich wieder bei mir.‹ Dann gab er mir noch ein kleines Bündel mit Nahrung. Ich bedankte mich herzlich bei ihm und schloss mich der Gruppe an, die aus der Stadt wanderte und bald zu einem lichten Wald mit hohen glatten Bäumen kam, auf die wohl kein Mensch hinaufklettern konnte. Im Schatten lagen jedoch viele Affen, wie ich sie noch von jener Affeninsel kannte. Die kletterten, als sie uns Leute sahen, mit erstaunlicher Behändigkeit die Bäume hinauf, und die Leute warfen mit den Steinen nach ihnen, die sie mitgebracht hatten. Die Affen wiederum pflückten die runden Früchte der Bäume und bewarfen damit die Menschen. Trafen sie, konnte das tödlich sein. Unter Gefahren sammelten die Leute so die Früchte von hoch oben ein, auch ich, und ich stellte fest, dass es sich dabei um Kokosnüsse handelte; anders waren sie nicht zu gewinnen.

Gegen Abend kehrten wir in die Stadt zurück und fuhren aus Vorsicht aufs Meer hinaus. Ich übergab meinem Gastgeber, was ich aufgesammelt hatte. Der freute sich und sagte: ›Gut, Mann! Geh jeden Tag mit diesen Leuten und verkauf anschließend, was du gesammelt hast; vielleicht kriegst du so viel zusammen, dass du heimreisen kannst.‹ Ich folgte dem Rat. Den Erlös von meinen Verkäufen tat ich in einen breiten Ledergürtel und band ihn mir um den Leib. Gar nicht lange, so ankerte ein Schiff im Hafen, auf dem viele Kaufleute waren, die Tauschhandel trieben, und ich sagte meinem Gastgeber, ich wolle versuchen, eine Passage auf diesem Schiff zu bekommen. Der ging zum Kapitän und vereinbarte das, schenkte mir einen Packen mit Lebensmitteln, und ich verabschiedete mich dankbar und herzlich von ihm. Alle Nüsse, die ich nicht verkauft hatte, nahm ich mit, und bekam obendrein von den Kameraden welche geschenkt. So hatte ich einen kleinen Vorrat, den ich auf der Reise von Insel zu Insel gegen Gewürznelken, Pfeffer und Zimt, aber auch Aloeholz eintauschte.

Wir ankerten schließlich vor einer Insel, an deren Stränden viele Perlentaucher lebten, die nach den Muscheln der Tiefe tauchten und je nach Größe kostbare Perlen ernteten. Einen beobachtete ich darunter, der, ganz nackt und braun und geschmeidig, ein besonderes Geschick beim Tauchen bewies, und mit ihm verhandelte ich, indem ich ihm von meinen Spezereien anbot, für mich zu tauchen. Er hatte in kurzer Zeit ein geradezu schamloses Glück, indem er große schwarze und weiße Perlen nach oben brachte. Ich dankte ihm, als das Schiff Segel setzte, und dankte Allah, denn nun war ich reicher denn je, als ich zurück nach Basra und wieder nach Bagdad gelangte.

Und da habe ich mir hoch und heilig geschworen, endgültig nicht mehr auf Reisen zu gehen und mein Leben hier zu genießen«, sagte Sindbad der Seefahrer zu seinen Freunden und

Gästen, ließ, wie immer am Abend, köstliches Essen auftragen zu süßem Saitenspiel und Gesang, Sindbad dem Lastträger aber wiederum hundert Dinare auszahlen, und alle lud er auf den nächsten Nachmittag ein. »Denn meinen Schwur habe ich nicht gehalten!«, sagte er.

Die sechste Reise

So begann er auch seine Erzählung am anderen Tag: »Meinen Schwur habe ich nicht gehalten und wie oft hab ich das bereut! Diesmal reiste ich auf einem großen Schiff mit vielen anderen munteren Kaufleuten und hatte mir Platz für meine ausgesuchten Waren gemietet. Wir waren alle sehr vergnügt und machten gute Geschäfte, wo immer wir ankerten und an Land gingen. Doch eines Tages sah ich, wie der Kapitän seine Seeleute anschrie, sich selbst wie ein Klageweib rechts und links ins Gesicht schlug, seinen Turban vom Kopf riss, ihn wegwarf und sich halb den Bart ausriss. ›Weh mir!‹, schrie er ein ums andere Mal. ›Es ist aus! Es ist aus! Meine Kinder sind Waisen! Meine Häuser verödet! Oh, es ist aus!‹ – Wir gingen auf ihn zu und betroffen fragten wir ihn, was los sei! – ›Was los ist?!‹, schrie er verzweifelt. ›Wir haben die Route verfehlt! Wir scheitern! Wir scheitern an diesem Berg da vorn, an den Klippen davor! Da ist kein Entkommen! Die Strömung ist reißend, sie gibt uns niemals frei! Das ist unser Ende! Das ist unser aller Ende! Betet, ihr Männer, betet! Vielleicht ist eine Seele unter euch, deretwegen Allah dieses Schiff und uns rettet!‹ Dann kletterte er zum Mastkorb empor, um auszumachen, wohin wir uns wenden könnten. Umsonst! Zur Strömung, die uns nicht losließ, kam jetzt ein starker Wind. Das Schiff drehte sich dreimal im Kreis, wobei es zweimal gegen die Klippen stieß, beim dritten Mal aber zerschmettert wurde. Alles ging unter! Ein paar Reisende und ich klammerten uns an hölzerne Trümmer, und wir versuchten, die Seite des Bergs zu erklimmen, aber die meisten ertranken. Als wir, die Wenigen, die sich gerettet hatten, weiter oben am Berg waren, sahen wir: die Insel war grün und bewaldet, doch am Ufer lagen viele Gebeine und Schädel, viele Waren, viele wertvolle Sachen und teure Güter zwischen Schiffstrümmern. Und auf dem Berg gab es zu unserem Erstaunen Edelsteine, zahllos und wahllos, auch am Grund der Quelle, aus der wir dann tranken, und deren Wasser seinen Lauf nicht zum Meer, sondern ins Innere der Insel nahm. Dort wuchsen verschiedene Sorten edler Aloebäume, und den Bach entlang floss auch Ambra wie weiches Wachs.

Ratlos gingen wir auf der Insel herum. Wir wussten nicht, wohin wir uns wenden sollten, denn die Insel war wegen der Klippen und Berge, woran alle Schiffe scheiterten, unzugänglich. Wir mussten uns von Pflanzen ernähren und wurden immer schwächer. Einer nach dem anderen von uns siechte dahin und starb. Bald waren wir nur noch zu dritt, dann zu zweit, schließlich blieb ich allein übrig. Ich machte mir bittere Vorwürfe, wieder auf Reisen gegangen zu sein. Hatte ich nicht genug? Jetzt musste ich allein und verlassen hier sterben – mein Leichnam ungewaschen und unbeerdigt. Verzweifelt saß ich am Bachrand unweit der Stelle, wo das Wasser in einer niedrigen engen Höhle verschwindet, und da gab mir Allah den Gedanken ein: Dringt es hier in den Berg, muss es irgendwo wieder zum Vorschein kommen. Könnt ich ihm folgen, wäre das vielleicht meine Rettung. Oder mein Untergang! Ob aber hier oder dort, was tat's?

Aus Schiffstrümmern und -seilen baute ich mir ein schmales Floß, packte Edelsteine, Aloeholz, grauen Bernstein und Perlen darauf, auch ein Büschel essbare grüne Pflanzen, nahm mir zwei kleine Holzstücke als Ruder, legte mich selbst damit aufs Floß und überließ mich, laut zu Allah – dem ewig Barmherzigen – betend, dem Lauf des Wassers. Schon führte der mich und das Floß in eine enge und finstere Höhle. Die Wölbung war da und dort so niedrig, dass ich mir den Kopf stieß. Ich bekam Todesangst und vergaß Hunger und Durst. Bald schlief ich ein und erwachte jäh wieder. Erst wurde der Bach eng und laut, dann wurde er breit und ruhig wie ein unterirdischer See, aber immer trieb die Strömung das Floß voran. Zuletzt sank ich vor Hunger und Schwäche in einen ohnmachtsähnlichen Schlaf.

Als ich aufwachte, war es hell um mich. Mein Floß lag festgebunden am Ufer eines ruhigen Flusses, ich selbst lag mit baumwollenen Tüchern zugedeckt auf einem bunten Teppich am Ufer, umgeben von Indern und Schwarzen. Alle redeten auf mich ein, aber ich verstand sie nicht. Trotzdem freute ich mich riesig darüber, dass ich am Leben war, unter Menschen war, gerettet war. Ein Dunkelhäutiger, der bemerkte, dass ich ihre Sprache nicht verstand, sagte auf Arabisch zu mir: ›Salem aleikum!‹ Und ich antwortete: ›Gottes Friede und Segen sei auch mit dir!‹ Dann erklärte er mir, dass sie hergekommen seien, um ihre Felder aus dem Fluss zu bewässern, mich da schlafend auf dem Floß entdeckt, es festgebunden, mich ans Ufer getragen und gewartet hätten, dass ich aufwachen würde. ›Sag uns nun, wer du bist, und wo du herkommst!‹ – ›Das tu ich gern!‹, sagte ich. ›Aber gebt mir, bitte, erst etwas zu essen. Ich bin sonst zu schwach.‹ Er übersetzte das den anderen, und sie brachten alle ihre Körbe und Beutel und breiteten aus, was sie zu essen dabei hatten. Alles schmeckte unglaublich köstlich, und ich zwang mich, nicht wie ein Tiger zu schlingen. Die Leute sahen, wie es mir schmeckte, freuten sich darüber, ließen sich nieder und schmausten ebenfalls. Endlich war ich satt und fing an, von meiner Schiffsreise, dem Schiffbruch, der Fahrt auf dem Floß durch den Berg zu erzählen, und ihr freundlicher Anführer, der Schwarze, übersetzte es ihnen. An ihren Gebärden und Mienen konnte ich sehen, wie lebhaft sie meine Schrecknisse und Abenteuer mitfühlten. Am Ende klatschten sie vor Freude über den guten Ausgang in die Hände wie Kinder. Sie nahmen mich in ihre Mitte, einige luden das Floß auf ihre

Schultern, und der Schwarze erklärte mir, sie wollten mich zu ihrem König bringen, und das taten sie.

Der König begrüßte mich freundlich. Auch ihm, der Arabisch verstand, erzählte ich, woher und auf welche Art ich gekommen war, und auch er war sehr verwundert, lud mich ein, bei ihm zu bleiben, und wies mir in seinem weitläufigen, aus weißem Stein erbauten, doch ebenerdigen Schlosse eine Wohnung zu, in die auch mein Floß mit allen Schätzen darauf gebracht wurde. Ich machte ihm anderntags eine Reihe schöner Edelsteine und großer Perlen zum Geschenk, worüber er sich sehr freute. Jeden Tag bat er mich an seine Tafel. Ich musste ihm von meiner Heimat, den Verhältnissen und dem Leben hier in Bagdad erzählen, auch von Harun al Raschid und seiner gerechten, friedvollen Herrschaft. Dadurch wuchs mein Ansehen noch bei dem König, der mich mit reichen Geschenken entließ, als ich ihn darum bat, mich einer Gesellschaft von Kaufleuten, die nach Basra reisen wollten, anschließen zu dürfen, falls er mich ihnen empfehlen würde. Beim Abschied begleitete er mich zum Schiff und wünschte mir Allahs Beistand. Mein Dank und meine Segenswünsche für ihn waren aufrichtig und herzlich. Sie sind es immer noch.

Wir segelten mit Glück von Insel zu Insel, von Stadt zu Stadt, machten überaus erfreuliche, gewinnbringende Geschäfte und kamen noch vor Ablauf eines Jahres nach Basra, von wo ich wenige Tage später nach Bagdad reiste. Alle hatten mich schon tot geglaubt, ein paar von Euch werden sich noch erinnern, und alle freuten sich riesig über meine Rückkehr. Ich verteilte viele Geschenke und stiftete für die Armen. Auch dem Kalifen wurde meine Ankunft mitgeteilt, und er ließ mich rufen. Ich küsste die Erde vor ihm und verehrte ihm eine überaus seltene große schwarze Perle, auch Ambra und Aloeholz. Er nahm meine Geschenke an, dann musste ich ihm ausführlich erzählen, was ich auf meiner Reise erfahren, welche Gefahren ich bestanden, welche Freuden ich erlebt hatte, und er befahl seinen Schreibern, die ganze Geschichte zu Papier zu bringen und zur Belehrung aller in der Schatzkammer aufzubewahren. Danach ließ er mir ein Ehrengewand überreichen und entließ mich mit großer Freundlichkeit.

Ich lebte nun wieder in Bagdad nach meiner alten Weise, vergnügt und allen Genüssen hingegeben. Was ich gelitten hatte, vergaß ich nach und nach, wollte nicht mehr daran denken, und also wird es Euch, meine Freunde, nicht groß verwundern, dass ich mich eines Tages wieder, diesmal auf meine siebte und ganz gewiss letzte Reise machte. Davon erzähl ich Euch morgen. Ihr seid eingeladen! Aber erst wollen wir nun essen, trinken und uns an guten Gesprächen und schöner Musik erfreuen. Für dich, Bruder Sindbad, liegen, wenn du gehst, hundert Zechinen bereit.«

Die siebte Reise

»Willkommen, meine Freunde!«, begrüßte Sindbad die Gesellschaft, als sie sich anderntags wieder versammelt hatte. »Gestern schon habe ich Euch gesagt, dass ich mich auch nach meiner sechsten Reise wieder von meiner Abenteuer- und Reiselust überwältigen ließ. Ich kaufte wieder Waren ein, ließ sie verpacken und nach Basra verschicken – wohl könnte es sein, Bruder Sindbad, dass du seinerzeit einen Teil davon zum Flusshafen am Tigris getragen hast – und ich schiffte mich dort auf einem tüchtigen seegängigen Schiff mit anderen Kaufleuten ein.

Aber nach gar nicht langer Zeit auf See erhob sich ein starker Sturm. Es regnete unablässig, Himmel und Meer schienen eins. Wir versuchten, unsere Ladungen mit Tüchern und Kleidungsstücken zu schützen, und wir beteten zu Allah, dem Herrn jedes Wetters, uns vor Gefahren zu bewahren. Der Schiffskapitän umgürtete sich, verfluchte Satan und stieg auf den Mastbaum. Dort sah er sich um, so gut er vermochte, kletterte wieder herab, schlug sich hart an den Kopf und ins Gesicht, rief die Mannschaft zusammen, raufte sich seinen Bart, riss den Turban vom Kopf und schrie:

›Betet! Betet! Fleht Gott, den Allmächtigen, um Rettung an! Sagt einander Lebwohl und weint um euer Leben!‹ – ›Was ist geschehen?‹, fragten wir voller Schrecken, ›Was wird mit uns?‹ – Er antwortete mitten in dem Getöse und Heulen des Sturms: ›Wir sind irrgefahren. Bald wird uns der Sturm ans Ende des Meeres und der Welt getrieben haben.‹ Dann öffnete er eine Kiste und entnahm ihr einen blauen baumwollenen Beutel, der, wie sich zeigte, Erde enthielt, griff nach einer Tasse, die der Regen alsbald mit Wasser füllte, tat Erde dazu, rührte um mit einem Finger, den er ableckte, als bereite er einen Brei, holte ein zerfleddertes Buch hervor, las darin und brach erneut in Jammer aus. – ›Was ist?‹, fragten wir ängstlich, und er seufzte und sagte: ›Dies Buch gibt ein Geheimnis preis, nämlich, dass wer auf dieses Meer gerät, unweigerlich untergeht. Es ist das Meer des Königslandes, und darin ist das Grab des Propheten Salomo, des Sohnes Davids, gelegen, Friede sei mit ihm! Kein Schiff, das auf dieses Meer gerät, kann seiner Wut und Tiefe entkommen. Schließt ab mit eurem Leben und sprecht das Totengebet!‹

Wir waren entsetzt, weinten und beteten, verabschiedeten uns voneinander und ergaben uns in den Ratschluss Allahs. Da sahen wir, wie drei ungeheuer große Fische, größer als gewaltige Berge, auf unser Schiff zuschwammen. Der größte riss seinen Rachen auf, um das ganze Schiff zu verschlingen, und er war größer als ein riesiges Stadttor, aber da hob eine rasende Bö das Schiff in die Höhe, dass es im Fallen auf den Kopf eines der Fische prallte, und gänzlich zertrümmert wurde. Mit Mann und Maus versanken wir im kochenden Meer. Einen Balken noch konnte ich im Untergehen ergreifen, mit mir einige andere Unglücksgefährten. Wir klammerten uns verzweifelt daran, und wie bei früheren Schiffbrüchen ruderte ich mit den Füßen. Dann warfen uns Wind und Wellen ans Ufer einer Insel.

Wie elend waren wir von Hunger, Durst, Kälte, Müdigkeit und Erschöpfung! Wie klägliche Vorwürfe machte ich mir, der ich doch nicht mehr hatte reisen wollen, denn ich lebte doch in großem Wohlstand, den Gott in seiner Gnade mir geschenkt hatte. Was ich nur hatte wünschen können, war mein gewesen!

Lange weinte ich da und schwor bei Gott, dass ich, würde ich noch einmal gerettet, nie mehr meine Heimat verlassen, ja, nicht einmal mehr an eine Reise denken wollte!

Als der Sturm abflaute, irrte ich lange am Meeresufer umher, aß, was ich an essbaren Pflanzen und Früchten fand, trank Wasser aus Quellen, die ins Meer mündeten, und wünschte mir tausendmal den Tod. Endlich fiel es mir ein, wieder ein kleines Boot zu bauen und darauf wie früher einmal übers Meer zu fahren. Ich überließ es der Fügung Allahs: würde ich gerettet, wäre ich dankbar; ginge ich unter, wär meine Qual zu Ende.

Holz und Bretter von gestrandeten Schiffen gab es genug am Ufer. Die sammelte ich, zerriss mein Gewand und drehte und flocht Stricke aus meinen Lumpen, womit ich Holzstücke und Bretter so fest ich konnte zusammenband. Dann ließ ich das Floß ins Wasser und paddelte darauf drei Tage lang, ohne zu essen und zu trinken und ohne zu schlafen. Am vierten Tag kam ich an einen hohen Berg, konnte das Floß dort aber nicht anhalten, denn die Strömung war wie ein reißender Fluss, der unter den Berg trieb wie unter den Bogen einer Brücke. Ich legte mich bäuchlings aufs Floß, doch schürfte ich oft Seiten und Rücken an den Bergwänden auf, kam aber nach einiger Zeit wieder unter dem Berg hervor in ein weites Tal. Da hinab ergoss sich der Strom mit lautem Donnern. Dampf stieg auf bis in die Wolken. Ich klammerte mich entsetzt an das Floß, das mit mir hinabtrieb, sich drehte und wirbelte, dass ich die Besinnung verlor und erst, als die Strömung ruhiger wurde, wieder zu mir kam. Da sah ich, dass ich in die Nähe einer volkreichen Stadt getrieben worden war. Aber ich konnte das Floß nicht anhalten.

Leute am Ufer, die mich wahrnahmen, warfen mir von den Befestigungen aus Taue zu, doch ich konnte sie nicht fassen, bis sie zuletzt ein großes Netz über das Floß warfen und mich wie einen Fisch an Land holten. Ich war nackt, abgehärmt und wie ein Toter vor Hunger und Durst, Schlaflosigkeit und Anstrengung und beinahe noch immer besinnungslos. Ein Mann kam auf mich zu, der einen Mantel über mich warf und mich mit zu sich nach Hause nahm. Dort führte er mich ins Bad, gab mir ein schönes Gewand, und seine Leute hießen mich freundlich willkommen, ließen mich sitzen und brachten mir zu essen und zu trinken. Ich aß und aß – wie hungrig war ich gewesen! Dann brachten wohlgewachsene junge Sklaven und Sklavinnen mir warmes Wasser, und ich wusch mir die Hände. Danach dankte ich wieder und wieder Allah für meine Rettung. Schließlich wurde mir ein schöner Anbau an der Seite des Hauses zum Aufenthalt angewiesen.

Drei Tage blieb ich so in bester Betreuung und erholte mich wieder. Am vierten Tag kam der Alte zu mir und sagte: ›Du bist uns willkommen, und dieses Jahr ist gesegnet durch deine glückliche Ankunft.‹ Ich antwortete ihm: ›Allah belohne dich für das, was du an mir tust!‹ – Er hatte sich abgewandt und sagte jetzt: ›Hör, mein Sohn! Ich habe, während du hier mein Gast warst, deine Waren an Land bringen und trocknen lassen. Willst du nun mit mir auf den Markt gehen und sehen, wie sie verkauft werden?‹ Da wusste ich nicht, was ich antworten sollte, denn ich hatte ja keine Waren mitgebracht, und ich sagte ihm: ›Mein Vater! Du weißt das besser als ich. Ich tu, was du möchtest.‹ – ›Gut! Lass uns gehen und deine Waren verkaufen, andere eintauschen und uns mit den Kaufleuten bekannt machen.‹ So gingen wir auf den Markt.

Dort wurde ich von vielen Handelsleuten gegrüßt und willkommen geheißen. Alle beglückwünschten mich zu meiner Rettung. Und nun fand ich heraus, dass unter den Waren, von denen der Alte gesprochen hatte, die Balken und Bretter verstanden wurden, aus denen mein Floß bestanden hatte. Als der Makler das Holz aufrief, überboten sich die Kaufleute bis zu zehntausend Dinaren. Als niemand mehr bot, sagte der freundliche Alte zu mir: ›Mein Sohn, das ist der jetzige Wert deiner Ware. Im Augenblick ist sie nicht so sehr gesucht. Wenn du willst, kannst du sie verkaufen, wenn du sie aber noch liegen lassen willst, kannst du später einen höheren Preis erzielen.‹ Ich antwortete ihm: ›Ich überlasse das – wie gern! – deiner Einschätzung.‹ Darauf sagte er: ›Ich lege noch hundert Dinare drauf, wenn du mir dein Holz verkaufen willst.‹ – ›Top!‹ Diesen Handel schloss ich ab, und er ließ das Holz in sein Magazin bringen, während wir beide in sein Haus zurückkehrten.

Er ließ mir die zehntausendeinhundert Dinare in einer Kiste mit einem Schloss bringen und riet mir, den Schlüssel stets bei mir zu tragen. Ich müsse, so lange ich bei ihm bleibe, nichts davon ausgeben.

So blieb ich bei ihm, und nach einiger Zeit sagte er zu mir: ›Ich möchte dir einen Vorschlag machen. Willst du ihn annehmen?‹ – ›Lass hören, Freund!‹, war meine Antwort. – ›Du musst wissen: ich bin ein alter Mann, bin reich, habe aber keinen Sohn und Erben. Aber ich habe eine noch junge Tochter, schön von Wuchs und Angesicht. Ich wünsche mir, dass du sie heiratest und bei mir bleibst und mein Sohn wirst; ich übergebe dir mein ganzes Vermögen.‹ – Ich schwieg. So viel Güte beschämte mich. Er fuhr fort: ›Tu ganz, wie du willst. Du kannst meine Tochter heiraten, oder auch so hier bleiben, ohne dass es dir an etwas fehlen soll. Oder du kannst mit Waren in deine Heimat zurückkehren. Unser Land stellt die Grenze des bewohnten Landes dar, hinter uns beginnt der vierte Teil der Welt, der unbewohnt ist.‹ Ich konnte nur darauf erwidern: ›Lieber Herr, tu mit deinem Knecht, wie du willst. Du bist wie ein Vater gegen mich: Ich bin hier fremd und habe wegen meiner vielen Entbehrungen, Leiden und Strapazen jede Einsicht verloren.‹

Darauf ließ er den Kadi und Zeugen rufen, verheiratete mich mit seiner Tochter, veranstaltete ein großes Fest, als dessen Höhepunkt er mich ihr zuführte. Sie machte mich glücklich, denn sie war, wie er gesagt hatte, schön, von schlankem Wuchs und sehr liebenswürdig, überreich mit Juwelen, Ketten und Ringen geschmückt, die Tausende wert waren. Den Wert aber ihrer Gewänder und Kleider konnte niemand einschätzen. Wir lebten zufrieden zusammen; ihr Vater hatte mich zum Herrn all seiner Güter gemacht, und ich war wie ein Einheimischer in der Stadt und, ja, machte große Geschäfte.

Allmählich entdeckte ich, wie bei jedem Neumond manchen Leuten Flügel wuchsen, sich ihre ganze Gestalt veränderte und die von Vögeln annahm. Sie flogen auf in die Lüfte, und nur die Kinder blieben zu Hause. Mich wunderte das. Als nun wieder einmal Neumond war, und die Einwohner der Stadt ihre

Gestalt wechselten, hielt ich einen von ihnen fest und sagte: ›Du musst mich mitnehmen! Denn fliegen kann ich nicht.‹ Er drehte sich zu mir um, sah mir ins Gesicht und sagte: ›Das ist unmöglich! Unmöglich!‹ Ich bestand aber darauf und schließlich gelang es mir, ihn zu überreden, dass er mich auf den Rücken nahm, und er flog hoch in die Luft, höher und höher, bis ich hören konnte, wie die Engel Gott priesen. Da rief auch ich: ›Ehre sei einzig Allah in der Höhe!‹ Doch sprühend fiel Feuer von oben auf alle, dass sie beinahe verbrannten. Alle flohen mit Blitzesschnelligkeit, und der mich trug, warf mich auf dem Gipfel eines hohen Berges ab. Alle waren sie gänzlich mutlos, schalten mich und gingen fort. Mich ließen sie allein zurück. Wieder machte ich mir Vorwürfe: Immer, wenn Gott mich gnädig aus einer schlimmen Lage befreit, stürze ich mich in eine noch schlimmere. Warum habe ich aus purer Neugier etwas unternommen, was über meine Kräfte war?! So ging ich, immer mehr verzweifelnd, an den Seiten des Bergs herum und wusste nicht, wohin ich mich wenden sollte.

Da sah ich von fern einen Schimmer, der sich mir näherte: Zwei Jünglinge, schön wie Engel und leuchtend wie der volle Mond, kamen auf mich zu. Jeder hatte einen goldenen Stab in der Hand. Ich ging ihnen entgegen, grüßte sie ehrerbietig, und sie hießen mich willkommen. – ›Wer seid ihr?‹, fragte ich. Sie sagten: ›Wir sind Einsiedler, die auf diesem Berg wohnen und zu Gott beten.‹ Und sie gaben mir einen Stab, wie sie ihn trugen, und ließen mich allein. Während ich ihnen nachschaute und nachsann, kam eine große Schlange von der anderen Seite des Berges, die trug einen Mann im Rachen, von dem nur noch der Kopf herausragte. Der Mann schrie und rief mich an: ›Befrei mich! Befrei mich! Allah wird dich vor Unheil bewahren!‹ Da fasste ich den goldenen Stab, den die Jünglinge mir gegeben hatten, fest mit beiden Händen und schlug auf die Schlange ein so sehr ich konnte. Sie spie den Mann aus. Dann schlug ich sie noch einmal, und sie entfloh. Der Mann, den ich gerettet hatte, sagte zu mir: ›Ich danke dir! Du hast mir das Leben gerettet! Ich werde immer bei dir sein und dir auf jede Weise beistehen. Dein Leben ist mein

Leben!‹ So gingen wir eine Zeit lang auf dem Berg einher, und auf einmal nahte sich uns eine Menge Menschen. Wir wussten nicht, welche Absichten sie hatten, und verhielten uns still, indem wir uns eng an den Hang drückten. Da erkannte ich aber den Mann, der mich auf dem Rücken emporgetragen hatte, und ich grüßte ihn und sagte: ›Freund, verfahren so Brüder miteinander?‹ Aber der gab zur Antwort: ›Du hättest uns beinahe alle ins Verderben gestürzt.‹ – ›Aber warum?‹ – »Weil du den Namen Gottes erwähnt hast.‹ – ›Das tut mir leid!‹, sagte ich, ›Bring mich wieder hinunter!‹, bat ich ihn. Erst weigerte er sich, dann erklärte er sich bereit, wenn ich verspräche, den Namen Gottes, Allah, nicht auszusprechen. Das tat ich, gab dem Mann aus dem Rachen der Schlange den goldenen Stab, wünschte ihm alles Gute, schwang mich auf den Rücken meines Landsmannes und kam so wieder zurück in die Stadt und mein Haus.

Hocherfreut begrüßte mich meine Frau und gratulierte mir zu meiner Rückkehr, als ich ihr von meinem nächtlichen Abenteuer erzählte. Sie riet mir, mit gewissen Leuten nicht mehr umzugehen, denn das herrschende Drittel der Stadtbewohner seien nicht Menschen, sondern ungläubige Dschinn, Geister, die Allah nicht anbeten und seinen Namen nicht nennen würden. Sie sagte auch: ›Da mein Vater doch tot ist, und wir an keinen Menschen hier gebunden sind, lass uns unsere Güter und Häuser verkaufen und wegziehen in deine Heimat.‹

So war also mein Schwiegervater und Wohltäter in meiner Abwesenheit gestorben und beigesetzt worden. Ich stimmte ihr zu und fing an, alles ins Werk zu setzen, hörte mich auch unter der Hand um, ob jemand aus der Stadt ebenfalls abreisen wollte, dass wir uns diesen Leuten anschließen könnten, und so erfuhr ich auch eines Tages, dass einige Fremde, die sich hier aufhielten, ein Schiff bauen ließen, weil sie anderswo ihrem Handel ebenso nachgehen wollten. Mit ihnen setzte ich mich unauffällig in Verbindung, mietete Plätze für mich und meine Frau, und wir schifften uns mit aller unserer beweglichen Habe ein.

So reisten wir vergnügt von Insel zu Insel, von Meer zu Meer, und eines Tages sagte der Kapitän mir, es daure nicht mehr allzu lange, und wir würden nach Basra gelangen. Voller Freude eilte ich zu meiner Frau. Ich wollte sie aufmuntern, denn während der letzten Tage war sie matt und kränklich geworden, und sagte ihr: ›Bald, Liebe, sind wir am Ziel. Basra ist unser nächster Hafen. Und wie schnell sind wir dann in Bagdad und zu Hause!‹ Sie lächelte mich an, doch ich merkte, wie ihre Lebensgeister sie allmählich verließen. Alle Anstrengungen, die der Schiffsarzt und ich unternahmen, sie wieder zu kräftigen, fruchteten nicht, und noch bevor wir Basra erreichten, musste ich das Totengebet über ihr sprechen. Gewandet in ihr kostbarstes Kleid und eingenäht in starkes Segeltuch, bestatteten wir sie zur See. Traurig statt fröhlich sah ich wenige Tage später Basra vor uns auftauchen. Still räumte ich meinen Besitz zusammen, verabschiedete mich von allen, dankte dem Kapitän und eilte, so schnell ich konnte, nach Bagdad, meiner Heimatstadt, der Stadt des Friedens, unserer Stadt.

Nun aber, liebe Brüder und Freunde, haben die Fülle der Erlebnisse, die Fluten der Erinnerung und das Alter mich endlich vom Drang geheilt, die Welt zu erkunden und dabei Reichtümer zu erwerben, von denen ich wahrhaftig genug besitze. Lasst uns gemeinsam die Tage und die Abende genießen, ja, bis der kommt, der alle Bande löst, alle irdischen Freuden ausgießt und uns heimbringt zu Gott. Du aber, mein anderer Sindbad, und deine Kinder, ihr seid meine Erben.«

So endete Sindbad der Seefahrer seine Erzählungen, worin Erfahrung und Erfindung, Neugier und Fantasie sich auf fesselnde, unterhaltende Art vermischen. Bis heute sind sie in Erinnerung geblieben.

Nachwort

Die vorliegende Nacherzählung folgt der Breslauer Ausgabe von 1001 NACHT in Weils Übersetzung. – Auch Enno Littmann hat, der Kalkuttaer Ausgabe (sowie Galland, aber auch »anderen arabischen Drucken«) folgend, Sindbad in 1001 NACHT aufgenommen. Dieses ›Märchen‹ speist sich aus verschiedenen Quellen: Die Gallands ist inzwischen wohl erkannt: Hanna Diyab, der junge Reisebegleiter des von Louis XIV. autorisierten Orientalisten Paul Lucas, hat die Erzählung niedergeschrieben und sie in Paris Galland zur Vervollständigung seiner Sammlung (zusammen mit »Aladdin und die Wunderlampe« und »Ali Baba und die vierzig Räuber«) übergeben [vgl. VON ALEPPO NACH PARIS, ed. Christian Döring, Berlin 2016]. Enno Littmann charakterisiert die weit ausholenden Reise-Erzählungen, die von einer Rahmenerzählung zusammengefasst sind, als zwar manche Informationen über tatsächliche Reisen enthaltend, doch letztlich als Seemannsgarn. Ihrem historischen, vor allem aber menschlichen Gehalt wird das jedoch keineswegs gerecht, wie sich im Vergleich mit Ibn Batutas (1304-1368) Reiseberichten umso deutlicher zeigt.

*

Wir erfahren vor jeder Reise vom ›Einschiffen‹ auf den Dhaus: Schiffsmannschaft und Reisende sind getrennte Gruppen. Bindeglied ist der Kapitän. Er ist nicht immer der Eigner / Unternehmer. Es gibt einen Laderaum, ein Deck, also möglichen Aufenthalt unter Deck, häufig auch einen Aufbau achtern mit Kajüten, doch der findet nie Erwähnung im Text. An Masten gibt es einen Hauptmast, einen kleineren Besanmast, gelegentlich, je nach Dhau-Typ, einen dritten Mast, sozusagen in ›Zwischengröße‹. Die Masten stehen nicht senkrecht, sondern, ebenfalls je nach Typ, zwischen 6° und 20° geneigt. Die Segel sind trapezförmig, eines pro Mast. Der Rumpf ist schmal mit langem Vordersteven und Klüver, schnittig, mit einem Tiefgang bis zu 2,50 m.

*

Zweck der Reise ist immer der Handel (Kriegsschiffe kommen nicht vor) und – jedenfalls bei den ›Reisenden‹ – der Gewinn. Nicht immer in Geld, auch in Waren: Gewürze, Perlen, Edelsteine, Gold usw. Und in Sklaven: Alles, was umsetzbar in Kapital ist.

Gleichwohl wird keine ›bürgerliche‹ oder ›kapitalistische‹ Gesellschaft dargestellt. (Der erzielte Gewinn wird nicht in Produktion investiert. Ohnehin: Sindbad konsumiert.) Auch keine Adelsgesellschaft. Aber immer eine städtische. Erstaunlich: Obwohl wir es mit einer Sklavenhaltergesellschaft zu tun haben, tritt Sindbad nie selbst als Sklavenhändler auf. Sklaverei und Sklavenhandel sind von arabisch-islamischer Seite eng vernetzt und verzahnt mit der westlichen Welt. Womöglich zurückreichend in antike Gesellschaften: ägyptisch, persisch, west- und oströmisch; doch die Sklaverei reicht unter anderen Namen bis heute!

*

Mehrere Herrscher begegnen uns auf den Reisen. Oberflächlich läuft das konfliktfrei, höflich, freundlich. Doch ist Sindbad immer unterwürfig, diplomatisch und gehorsam, ohne bürgerliches Selbstbewusstsein; nur einmal, in der Frage des Lebendig-Begraben-Werdens, deuten sich Reibungen an. Sindbad kuscht, wird im Untergrund zum Totschläger und Räuber: Ist das ein Bild für den Untergrund der Gesellschaft?

*

Worauf beruht die Macht der Machthaber? Auf militärischer und religions-ideologischer (Islam!) Macht. Der Kalif, religiös sanktioniert, bestimmt Militärbefehlshaber und Statthalter (die sich womöglich zu selbstständigen Herrschern aufwerfen), die jedoch keine Eigen-, oder Standesrechte besitzen. Der Kalif beruft Wesire (hohe Beamte als Chefs der Bürokratie) und Richter (Kadis); allenfalls haben sie Gewohnheitsrechte, können sich aber kaum darauf berufen. Erst recht gibt es keine freien Städte mit verbrieften Rechten. Die Geistlichkeit, die dazu gehörigen Gelehrten (Hochschulen) besitzen dergleichen ebenfalls nicht. Zünfte, Zunftordnungen existieren bestenfalls in Ansätzen. – Das Erbrecht scheint kaum geregelt, das Vorrecht der Erstgeborenen jedoch oft vorausgesetzt.

*

Wer kann frei sein? Sindbad ist grundsätzlich frei. Er verfügt über den ererbten Besitz, ist der vertan, über den erworbenen. Er kauft und verkauft. In Bagdad und Basra kommt es für Sindbad zu keinen Konflikten mit Obrigkeit und Herrschaft in irgendeiner Form. Die ›Verbrüderung‹ der beiden Sindbads, des Lastträgers und des Seefahrers, hat gleichnishafte Züge: für eine [im Wesentlichen religiös ideologisierte] »integrierte« Gesellschaft.

*

Innerhalb der Reisegruppen gibt es keine Hierarchie. Sindbad appelliert an Vernunft oder plädiert situationsgerecht, keineswegs immer erfolgreich (s. Ei des Vogels Roch). Kein Kapitän kommandiert die Reisenden, nur seine Mannschaft, die nicht aus Sklaven besteht.

*

Freiheit des Worts? Dafür gibt es keine Tradition, auch nicht in der profanen Literatur, stattdessen eine hohe Aufmerksamkeit für Zeichen und Symbole. Es ist daher nicht verkehrt, die Geschichte vom Aufhocker (5. Reise) wie eine Schilderung der Sklaverei zu lesen, die Geschichte in der Zisterne (4. Reise) als einen Aufenthalt in der Unterwelt, den Flug in den Himmel (7. Reise) als prekäre Beglaubigung der Transzendenz.

*

So betrachtet, zeigt sich Sindbad der Seefahrer, der ›Bruder‹ des ortsverhafteten, niedergedrückten, resignierenden Lastträgers, als freier Unternehmer: mobil, risikofreudig, profitorientiert, selbstbestimmt, aber existenziell schiffbrüchig. Erst Brüderlichkeit bringt für die Anschauung ein Ganzes hervor und bietet, durchaus im Gegensatz zur Odyssee, die inhaltlich geringfügig Einfluss genommen hat (Polyphem!), ein modernes Bild der Welt. Ohne Götter und deren Fügungen ist die Odyssee undenkbar. Sindbads Erzählungen kennen keinen göttlichen Entscheid: Zwischen Allah, dem Höchsten, und der Welt gibt es weder Gewalt noch Wunder, nur ein dünnes Netz von Gebeten.

*

Bruno Bettelheim (1903-1990) hat in seinem Buch »Kinder brauchen Märchen« (dt. 1977) dem »Märchen« von Sindbad ein Kapitel gewidmet, worin er Seefahrer und Lastträger als »die entgegengesetzten Aspekte ein und derselben Persönlichkeit« deutet: »Manifestationen des Lust- und des Realitätsprinzips«, die »integriert werden müssen«. Dies Deutungsmuster regt an, bleibt der Welthaltigkeit der Erzählung jedoch fremd.

Bei Fragen zur Produktsicherheit wenden Sie sich bitte an:

Pendragon Verlag

gegründet 1981

Stapenhorststraße 15
33615 Bielefeld
kontakt@pendragon.de
www.pendragon.de

Veröffentlicht im Pendragon Verlag
Günther Butkus, Bielefeld 2025

Umschlag und Herstellung: Uta Zeißler
Illustrationen: Marcel Keller
Gesetzt aus der Adobe Garamond
ISBN: 978-3-86532-571-6
Gedruckt in Deutschland